하늘에 돛 올릴 때

동양문인협회

2023 중랑문인협회 회원선집

하늘에 돛 올릴 때

지은이 / 중랑문인협회
편집위원 / 이영선, 이호재, 이순헌, 한영옥, 김춘선
편집국장 / 정여울

펴낸이 / 오혜정
펴낸곳 / 글나무
주 소 / 서울 은평구 진관2로 12, 912호(메이플카운티 2차)
전 화 / (02)2272-6006
등 록 / 1988년 9월 9일 (제301-1988-095)

2023년 6월 10일 초판 인쇄·발행

ISBN 979-11-87716-78-5 03810

값 12,000원

책머리에

사계절 가운데 생동의 계절을 꼽으라면 단연 봄이다. 그 생동의 봄에 중랑문협에서는 회원들의 소중한 옥고를 모아 매년 눈부신 사화집을 발간한다. 사화집은 어느 봄날에 피는 그 어떤 꽃보다도 곱디고운 아름다운 꽃이다. 그 꽃은 가족에게 사랑을, 가난한 사람에게 마음의 부유를, 절망하는 이들에게 희망을, 가슴에 덜어내지 못한 그리움으로 시, 시조, 동시, 디카시, 수필, 콩트, 희곡, 소설 분야의 다양한 문학 장르에서 완벽한 조화로움으로 회원들의 가슴에서 뿜어져 나온 영혼의 결정체인 문학이 탄생된다.

문학이 우리에게 중요한 이유는 무엇일까? 그것은 문학이 지닌 엄청난 위력 때문이다. 문학 연구가 리차즈는 "문학을 통해서 이룩되는 인간의 혁명은 그 어떠한 혁명보다 크고 위대하다"라고 말한 것도 이를 논증하는 대목이다. 이처럼 문학은 창의성이 인간의 두뇌로부터 나오는 '가장 소중한 보물'인 까닭에 문학의 역할은 실로 지대한 것이다.

또한 중랑문협의 공동체는 어떠한가! 단체의 역량이나 결집력은 발간에 달려 있다고 해도 과언이 아니다. 회원들의 작품이 지면을 채운다는 것은 문협의 위상뿐만 아니라 회원들의 긍지와 자존감의 상징이기도 하다.

회원 선집 출간에 귀중한 옥고를 내주신 회원 여러분과 발간에 큰 힘이 되어준 중랑구청 관계자 여러분께 깊은 감사를 드린다.

2023년 봄
중랑문인협회 회장 이영선

Contents

차례

【시조】

Contents

제8회
『중랑문학』 신인상 작품 모집 안내

(사)한국문인협회 중랑지부에서는
다음과 같이 신인상 작품을 공모합니다.

—다음—

공모 기간 | 2023년 5월 1일부터 2023년 9월 30일까지

장르 별 모집 안내 | 주제는 자유이며 운문(시, 시조, 동시) – 3편,

　　　　　　　　　산문(수필, 동화) – 원고지 15매 내외(1~2편)

대　　상 | 주민등록상 중랑구민에 한함(미등단으로 문학에 뜻을 가진 분)

제출방법 | · E-mail : ysl7550@daum.net

　　　　　· 작품과 함께 연락받을 주소, 전화번호 기재

　　　　　· 문의전화 : 010-8753-5234

발　　표 | 2023년 11월 1일(개별 통지함)

시상내용 | 상패 및 상금 – 각 부문 우수상 1명, 운문과 산문 합하여 대상 1명(총 3명)

시 상 식 | 2023년 11월 중 〈2023 중랑문학제〉 행사 시

특　　전 | 중랑문인협회 회원 가입자격 부여, 『중랑문학』 작품 게재

〈응모한 원고는 반환하지 않음〉

◇ 주최 : (사)한국문인협회 중랑지부 ◇

『시』

이 명 혜

한마디

끝없이 돌고 도는 그 시간 속으로
개나리 진달래 철쭉
강을 건너가는 꽃 꽃잎들

약력

- 《우리문학》(1990) 등단
- 중랑문학대상(2002), 한국문협 서울시문학상(2021)
- 한국문인협회, 한국시인협회, 경희문인회, 한국문인협회 중랑지부장
  (4대), 중랑문인협회 고문
- 시집: 『지금 나는 흔들리고 있다』『밤마다 키질로 얻은 보석』
  『고목나무 뒤 숨은 봄』,『경호강』(2020)

필봉산 · 35 외 4편
-물꽃 정원

송정 안목항에 가면 천년을 살아가는
물꽃 정원을 만날 것이다

파도는 시나브로 물등성이 되어
물꽃을 매달고 떠나고 돌아오는 순환선

다른 먼 세상으로부터 흘러오는
우주 자궁
저들은 버림받은 자일까
혹은 버린 자일까

끝없이 돌고 돌아오는 자전과 공전

송정 물꽃 정원에 가면
물꽃이 돌아오는 발자국 소리 만날 것이다.

필봉산·36
―허공에 붙들린 눈꽃

겨울비 그친 오후 나절
안목항의 눈바람이 눈꽃이 사라져가고
떠나간 먹구름이 돌아온다

어깨에 한 잎 한 잎 꽃잎 매달고
수평선 너머 물새가 되어 돌아오고
허공에 붙들린 눈꽃은 배를 기다린다

그리움은 고통 속에 씨앗이 영글고
까맣게 태워지는 것

눈바람을 막아내는 항구는 꿈을 꾸듯
하늘 별빛 속 지고 피고
떠나간 먹구름은 별빛 정원이 되어 돌아올 것이다.

필봉산·37
−버려진 가구

빈 허공에 한쪽 발 치켜들고
저녁이면 실려 갈 식탁과 화장대
꺾이고 구겨져 무너진 잔해들

분리 수거장
누군가 내다버린 이름표 없는 가구들
허리 꺾이고 비틀어져
떠나기 위해 슬픔을 밟고 섰다

죽음의 땅
영혼이 날아간 것들이다

밑동 잘린 벗나무는
가쁜 말을 삼키고 섰다

신새벽이면 떠나간 빈자리로 실려 올 것을 안다.

필봉산·38
─강을 건너는 꽃

뒷산 상수리나무 둥지 속 동그란 문을 열었다

차마 휘어져 돌아간 깊은 구멍 속
이상도 해라
새들이 살다 날아간 자리
담쟁이 새순이 돋았다

삶과 죽음이 존재하는
순환의 자리

끝없이 돌고 도는 그 시간 속으로
개나리 진달래 철쭉
강을 건너가는 꽃 꽃잎들

이 生의 건널목.

필봉산 · 39
─널비 강변에 서다

널비 강변에 서면 흰빛인 듯 자주빛인 듯
봉숭아꽃이 지고 핀다

바람인지 강물 소리인지
生의 향인 듯 죽음의 향인 듯

달무리 지고 피고
한 줌 흙으로 돌아갈 흰 꽃송이
生의 꽃을 피우는 노을진 강변에 서면

당신은 내가 되고
나는 당신이 되는 生이여.

김 재 준

한마디

먼 등성이에서 비추이는
노을빛 구름을 실은 파도가
열린 바다 위로 꿈을 실어온다

약 력

- 《창조문학》(1995) 시 등단
- 《창조문학》 대상(2017)
- 한국문인협회 회원
- 시집: 『세월의 그림자』(2013), 『늦깎이 인생』(2016)

시인의 섬·1 외 3편
─아침을 열다

수평선 멀리 불덩이 솟는다
잔별들이 너울진 바다에 실려
이리 뛰고 저리 뛰고
소나무에 엉켜 섬을 깨운다

아침 햇살을 하품으로 접은
누런 강아지 기지개 켜다 말고
게에 쫓겨 짱뚱어를 깨운다

빛 튕기는 펄에 눈 비벼 뜬
뉘야
징검다리 돌팍 사이
굴 쪼개어 힘살 돋거든
둥근 아이 볼살 꼬집어 깨우렴

시인의 섬·2
─노을벽

놀빛을 안은 하늘과
맞닿은 돌벽의 그림자엔
많은 생명체가 넘나드는
자아의 빛이 스며든다
은은하게 그러나 밝게
어둠을 밀어내며
붉음과 노랑이 점지해 있는
짧음으로 확대하면서
빛으로 정지해 있다
노을벽은 숨을 쉰다
검은 바위 위에서 사는
비릿한 냄새의 가을 나무와
강기슭 분내의 갈매기와 함께

시인의 섬 · 3
—낚시

끝머리 가는 낚싯대가 사르르 떤다
비늘이 스치는 것처럼 촉감이 온다
찌가 움직이더니 쏙 들어간다
왔다
파도에 묻힌 눈동자가 굳어
몸을 무겁게 긴장시킨다
떨림의 손이 묵직하게 끌려온다
물었다
활처럼 휜다 핏줄이 선 팔목이
끌려가는 듯 화살이 날아간다
하얀 물결이 쫓아온다
얇은 봄이 얼굴에 뿌린다
낚았다
하늘빛이 가라앉은 검은 생명이
귓전에서 푸드득 떤다
우럭이다
옷을 홀랑 벗은 부끄럼이
시야를 흔드는 모습이다
조그마한 웅덩이의 물숲으로
숨은 척 물을 마신다
52cm가 바닥에 꼬리를 눕혔다

시인의 섬
―꿈을 꾸었지

눈을 감으면 머리에 새겨진
하늘 닮은 나무 위의 정자에 앉아
먼 등성이에서 비추이는
노을빛 구름을 실은 파도가
열린 바다 위로 꿈을 실어온다

솔향 맡으러 모래를 밀고
유자향 맡으러 껍데기를 밀고
흔적으로 엷은 층계를 만들면
은가루를 담아오는 파도가
열린 바다 위로 꿈을 실어 온다

수평선을 타고 오는 휘파람 소리
바닷바람에 밀려 초록의 섬에
놀빛 그늘을 드리우면
파란 열매를 담아오는 파도가
열린 바다 위로 돛단배를 끌어온다

『시』

이 영 선

한마디

곁을 떠난 영혼
하늘에 돛 올릴 때
고인 안타까움 혀끝 내몰 듯 찬다

약 력

- 《문학공간》(1997) 등단
- 경희대학교 대학원 국어국문학과 석사 졸업
- 다산문학상, 중랑문학상 우수상(2016), 중랑문학 대상(2022)
- 한국문인협회, 무주문인협회, 국제 펜클럽 회원, 한국문인협회
  중랑지부장(10대)
- 시집: 『나 하나쯤은』, 『그리움의 둥지』(2023), 『때때로 누구라도』
  외 다수
- 산문집: 『우리는 누군가의 꽃이 되고 싶어한다』(2021)

꽃이 재차 말하네 외 4편

내가 웃으면
아기 미소로 방긋 웃고
내가 울면
슬픔 되어 시든다 꽃이 말하네

꽃그늘에 시름 감추면
달콤한 향기로 덮어 주고

투정의 입술 오물거려 내밀면
바람의 숨결로 흔들어 재우네

향기 없는 꽃은 슬픈 일이고
괴로움 없는 인생은
찬란함 모른다고 꽃은 재차 말하네

내 기억의 끝은

삶의 무게 어깨 내려앉을 때
내 기억의 끝은
별처럼 반짝인다

곁을 떠난 지 아득하여
퇴색될 만도 한데
영혼은 하프 켜고 생명수 건넨다

꽃눈에
줄줄이 후회 매다는
아련한 느린 가락 하나

슬픈 생각 데우는
내 기억의 끝은
그리움의 강물을 표류한다

문신 새기다

덧없는 인생을 지운다

겨우내 시린 통증
쉬이 오지 않을 밤 기다리듯
웅크리고 앉아

낡은 허물 지우고
새긴 문신 지닌다는 게
과도한 욕심일까.

자식은 말이야

가슴에 자잘한 돌덩이 데굴데굴 구른다

세상 징검다리 떼는 발걸음
벚꽃 휘날리는 봄날이다가
흔들리는 잎새에 아린 마음 매단다

신비의 탯줄
잡고 보면
걸치지 않은 알몸

그 때문에
가까이 품을수록 아린 가시만 박혀든다
자식은 말이야!

슬픈 우물

곁을 떠난 영혼
하늘에 돛 올릴 때
고인 안타까움 혀끝 내몰 듯 찬다

분명치 않은 경계에서
수없이 만들어지는
망각의 신호 두른 채

골 깊은 갈증
항해 선박 어디 내려놓까 고뇌하다
슬픈 우물만 나른다

『시』

정 정 순

한마디

바람에 휘날리는 벚꽃처럼
하늘 가득 그리움만
찻잔에 넘치네

약 력

- 《문학공간》(1998) 시 등단
- 허난설헌문학상 본상, 일봉문학 대상, 한올문학 대상, 문학공간 본상, 자랑스런한국인상 금상
- 예원예술대학 졸업, 동방대학원 불교문예학 박사 수료, 한국문인협회 제28대 문학지 육성교류위원회 위원장, 국제펜클럽, 불교문학 발행인, 한국문인협회 중랑지부장(5대), 중랑문인협회 고문, 예원예술종합대학원 지도교수
- 시집: 『맑은 하늘에 점 하나 찍었어』 외 15권의 개인 시집

무한 자유인 외 4편

강변도로를 휘감아
숨은 여행 찾기 하듯
나를 저울질해 본 오후

화려한 꿈의 향연 속에
눈물만큼 골이 팬
영글어버린 영혼의 본성

벚꽃만큼은 아니라도
눈꼬리 치켜올려
사랑받고 싶은 간절함

바람에 휘날리는 벚꽃처럼
하늘 가득 그리움만
찻잔에 넘치네

기다림의 미소

저렇게 아름답게 생겼을까
찬물에 두 발 담그고
목을 길게 빼고
누구를 기다리나
한참을 지켜봐도
여전히 자리 지키기로 하는
하얀 외기러기 한 마리
지나가는 소녀가 사진을 찍네

그 누군가를
그 무엇인가를
기다린다는 것은
꿈을 이루기 위한
생존경쟁의 끈질김
꿈은 이루어지겠지
참는 자에게 복이 있나니

바람의 봄

개나리의 미소
진달래꽃 향기
바람에 흔들리는
가슴 뛰게 하는 봄

졸졸 개울 물소리
파릇파릇 연두색 가지
마음 설레게 하는 봄

꽃은 피고 지고
봄은 오고 가는데
일등 신랑감 일등 신붓감
왜 멍멍이와 차지하고 있는지

모두가 기쁜 소식 기다리는데

나만 두려웠을까

나무 관세음보살
염불 소리 멀어진
홀로 오르는 산길
덩치 큰 젊음이 지나가는데
순간 몸이 움츠러든다

심장이 콩닥콩닥
다음에 올 땐
가스총이라도 준비해야지

두렵던 그때는 꼭
필요하다고 생각했는데
험한 산도 멀어지고
평지만 걷는 지금
없어도 되는 물건 된 지 오래

신생아 저출산

꽃 피고 열매 맺어도
제대로 생산 능력이 없는
아~고목이 된 모과나무

건강한 젊음이 있어야
실한 열매 거둘 수 있는데
충성하고 싶어도
사람이나 나무나 때가 있는 것

저 먹을 것 갖고 나온다는
속담 거울삼아
낳을 수 있을 때 낳아
키우는 것도 복 짓는 일

나라에서 도움 준 것 없이
5남매 10남매도 낳고도 살았는데
그 고생 지금보다 못할까

김 수 호

한마디

매화꽃 피어나듯 또 다시 삶의 여정 걷는
반복 되어진 축복의 탄생이여!
세계는 요동치며 날선 칼날 위로 걷는다

약 력

- 《황금빛 노래》(1999) 등단
- 사)대한문인협회 시 부문 신인상, 사)새한국문학회 수필 부문 신
  인상, 중랑문학상, 전국공모전 및 백일장 장원 대상 금상 차상
  및 다수 입상
- 한국문인협회 회원, 중랑문인협회 이사
- 저서:『황금빛 노래』(1999),『천상의 등불 금화집』(2016)
- 공저:『한국대표 명시 선집』등 다수

水月亭 외 4편

어머니의 강
봄길 따르는 꽃향기
옛사람 사랑가 노닐어
낮과 밤 쉼 없는 시선
매화마을 섬진마을
빛나는 물길의 여정이여
매화꽃향 젖어드는 숨결
사람과 사람으로 이어진 혈맥
겹겹으로 펼쳐지고
머물고 드러내는 그곳
아버지가 뿌려놓은
해와 달 별빛 꽃의 장엄
축복과 찬탄 머무는 쉼터
수월정
우윳빛 매화꽃향기 위로 앉았다

해

이슬 맺은 아침햇살

빛나는 풀잎

고라니 눈길 흠칫 놀란 숲

노란목담비 눈길 마주쳤던 그날

솔향기 그윽한 산길에서

서로를 기다려 아침을 맞이하리

붉은 태양

은빛 달

반짝이는 별들의 속삭임

새들의 합창 열어놓은 가슴

언덕 위 초라한 무덤 하나

노닐고 거닐던 나의 숨결

이슬방울 영롱한 시간

산마다 심어놓은 허공 속 메아리

우리 걷자 숨 쉬자

雪中紅梅花

오! 축복의 노래
빛으로 오신 님이시여
하얀 눈꽃 붉은 향기여
찬탄의 기쁨 뿜어내신
거룩한 신이여
눈꽃 속 붉은 신들의 축제여
매서운 추위
더욱 짙은 향기로 피워낸 꽃
희망의 님이시여
신들의 아름다운 환생의 기쁨이여
만상이 향기롭게 설법하는 꽃이여
눈꽃의 향기여
하얀 세상 붉은 여인이여
짙은 향기로 스며든 입술이여

분신들의 세상 소식

어둠 속 존재여
흡수된 빛 동화된 세상
부끄러움 모르는 존재
질서의 파괴자
문자의 행렬 속 뒹구는 죽음
얼어버린 중랑천의 시선들
시화의 잔상들은 광란으로
무너진 벽들과 기울어져 가는 시간
수많은 펜 분신의 반란
펜의 오류는 짙은 어둠으로
횡과 행으로 이어지는 어둠
펜의 고요 되살아날 빛의 횡과 행렬
기대감에 어둠의 존재 빛을 낳으리
펜의 오류는 또 다른 길이지
9와 10
정점 궤도 변화의 계절
오류의 오류는 또 다른 오류
상처 입은 분신의 세상
중랑천 시화 속 펜의 오류

만백성이 왕이시라

매화꽃 피어나듯 또다시 삶의 여정 걷는
반복되어진 축복의 탄생이여!
세계는 요동치며 날선 칼날 위로 걷는다
터지고 죽어가는 격렬함 속에 축배를 부르짖는 왕들의 거래
감추어진 그늘 속 어둠의 이끌림으로 빠져드는 슬픈 세계 중생심
평화와 평등함으로 하는 금화세계 꿈을 성취하라
축복하고 찬탄하여 화합할지어다
세계 평화는 평등함으로 이끌고 평등함은 검소함으로 함께 하라
슬픈 내일을 만들지 말지어다
겸손함은 왕들의 덕목이 될지니 세계의 왕들이시여 겸손하라
백성의 공덕이 왕을 낳음이로다
왕이여 감사함으로 백성을 섬겨라
차가운 바람결 매화향 짙나니
왕의 광기는 잠재우고 백성의 공덕은 자라나리라
멈추고 끝맺으리니 신들의 노고에 감사하라
생사의 강 물결은 찰랑거리도다
노사나불 노 젓는 배 위로 왕들이여 오르라
온전함에 귀의하고 금화세계 찬탄하며 금화승께 예배하라
왕이시여 혹독함에 참회하라
평등 평화 축복의 언어 전하여 계승하라
산과 들 물길마다 바다로 향하고 맥맥이 이어지는 숨결 고르게 걷네

만백성이 왕이로다

백성이여 왕의 침몰을 막으라

봉황을 위해 오동나무 심나니 가야금 거문고 주야로 노래하리라

『시』

김 태 수

한마디

아무 말 않고
묵묵히 겁을 지켜온
산을 닮아보자
자연이 되자

약 력

- 한국문인협회 회원, 국제펜클럽 회원
- 농민문학상 수상
- 한국문학 예술상 수상
- 시집: 『자유, 그 하늘』, 육필시집 출간

봄비 외 3편

메마른 산하
애끓던 산불로,
탑사 호수
꽃비 소풍길도
오늘
식목일이구나
생각하니
차분히 내려앉는
마음
촉촉한 봄비.

소풍날

봄꽃들이
속살
속마음 다 드러내고
만 산에 드러누웠다.

삶이
얼굴 마냥
주름진 세월이었나
그런 건 따지지 말고
너와 나
저 봄꽃을 닮아보자.

비가 오면 어떠냐
50여 년 지기 벗님이
추억으로 돌아오고,
반백 년을 함께 살고,
앞으로 더 살아갈
님이 곁에 있지 않나

오늘은
아무 말 않고

묵묵히 겁을 지켜온
산을 닮아보자
자연이 되자.

봄바람

강 물결과
햇살과
노니는 쇠오리들도
모두가 바람이다
기다림에 지친
나의 마음
봄이다.

일흔여덟 살에

행복은
결과가 아니라 과정이다
은밀히 내재된
흡족으로 도달하는 과정
마음속에 있다.

생일상 앞에
웃고 있는 그가
행복하냐고 묻는다.

잘나가는 바이어는
떠나가고
안쓰러워 도운
그는
오락가락 치매에
걸린 세월
이유도 없이 살아온 게
아니었다.

일흔여덟은
만족하지 못한 마음을
다스리는 과정
행복이었다.

『시』

김 지 희

한마디

소금물에 달걀 띄워
간을 맞추던 그 때는
나도 장독처럼 반짝였지

약 력

- 월간 《韓國詩》(1999) 등단
- 중랑문학상 대상(2004)
- 한국문인협회 회원, 「바림」詩 동인
- 시집: 『그냥 물안개라 부를 수밖에』(2005), 『오래 입은 옷의 단추를 끼우듯』(2013), 『하늘은 무청처럼 푸르렀다』(2022)

세화리 43 외 2편
―가을날

메주 씻어
된장 담그던 때가
까마득하다

소금물에 달걀 띄워
간을 맞추던 그때는
나도 장독처럼 반짝였지

볕 좋은 가을날
우물가 돌담 위 채반에
옹기종기 모여 앉아
키 작은 채송화
내려다보며 눈웃음짓던
고추부각, 김부각

오늘은
바람마저 얌전하다

세화리 44
−말이 씨가 되면

−엄마
　비가 뚱뚱해−

네 돌 갓 지난 녀석이
창가에서
쏟아지는 비를 보며
했던 말

태풍 무사히 넘겨
그나마 안도했는데

가뭄 들어
당근 다 말라 죽겠다고
시누님 걱정이 크다

이제
그날을 당겨와
당근밭에
단비로 뿌릴 수는 없을까

12월

바다엔
치과가 없어서
젖니
영구치
모두가
제멋대로 흔들린다

泡沫 사이로
새하얀 덧니가
귀여운
겨울 바다

『시』

김 명 옥

한마디

당신의 맨 바깥을 만져보세요.
대체
무엇을 감싸고 있는 거지요.

약 력

- 《문학공간》(2002) 시 등단
- 중랑문학상 대상(2012)
- 한국문인협회 회원, 「바림」詩 동인
- 시집: 『물마루에 햇살 꽂히는 소리』, 『블루 음계』, 『물끄러미』

순례 외 3편

맨발로 걸어 들어간다
나무들의 성당으로
된서리에 발 딛고
삭풍에 시달리는 나무들
성한 몸이 하나도 없다
잘렸거나 부러진 상처를 들고
고해소 앞에 길게 줄 서 있다
나무들이 흘린 죄로
숲은 점점 더 어두워지고
기울거나 굽은 고백을 주워 먹은 새들
날개 무거워지고
들어갈수록 하늘은 더 가팔라진다
절룩거리는 내게
못 자국 서늘한 나목이 묻는다
온 힘 다해 오느라 찢어졌냐고
펄럭이는 내 옆구리에서
흘러나오는 어둠을 본 걸까
빛을 나눠 줄 나무 성자는 어디에 있나요?
속이 텅 빌 때까지 더 찢겨야 하나요?
부르튼 질문들 허공에 붐빌 때
어디선가 나타난 호랑가시나무 한 그루

나를 들쳐업고 가시 밖으로 나온다
눈발이 온다
젖내나는 맨발을 신고서

구름을 부탁해

하수구 뚜껑에
꽁초들 수두룩 모여앉아
연기와 함께 사라진 손가락들을
호명할 찰나에
구겨진 이력서 한 장 슬며시
다가와
편의점, 식당, 주차, 배달, 공사장, 청소...
알바의 내력 깨알같이 쏟아낸다

회사, 입사, 상사, 치사
'사' 자에 정강이를 차여본 이들은 안다
정규직의 문 두드리다가
손등만 남은 너도 안다
수채구멍 안에서
올려다보는 태양에 눈이 먼다는 것을

끝내 열지 못한 문 하나가
하늘로 올라간다
두드리던 손바닥과 함께
아득한 곳에 떠 있는
이제는

문이라 부를 수 없는

저 ㄱㅜㄹ_ㅁ

간구

밤마다
머리맡에
비손
층층 쌓아놓고
히말라야라도 따라 갈꺼다

설산을 올라가는 네 등 뒤에서
펄럭이는 타르초
부디
제발
기필코

다 오를 때까지
쓰러지지 마라
딛는 곳마다
눈이 녹는 내 심장을 신겨줄게
뼈를 깎아 만든 로사리오도 쥐여주마

새벽을 기다리며
어둠의 크레바스를 건너가는
내 기도의 핏줄은

상처를 봉합하는 마지막 바늘 한 땀처럼
간절하다 절실하다

험준한 암벽을 등지고
네가
돌
아
오
는
날
뜨겁게 마중하는
어미의 미간을
힘껏 디뎌라

돼지 껍데기

당신을 싼 포장지는 안녕하신가요
나라는 물건을 싼 껍데기는 만나는 사람에 따라
색상과 온도가 달라집니다
푸른가 하면
붉고
아지랑이가 피어오르는가 하면
눈발이 펄펄 날리기도 하니까요
목숨의 가장 바깥을 쌌던
돼지 껍데기
그처럼 솔직한 포장지는 다시 없을 거예요
칼날이 밀고 간 후에도
하얀 울음을 쌌던 것은
흰빛을
검은 웃음을 쌌던 것은
검은빛을 숨기지 않으니 말이에요
앞에 놓인 접시에
바싹 구운 껍데기가 알맹이의 흑백을 가름하네요
한 점 입에 넣고 우물거리는 당신
찔리는 데 없나요?
숨 쉬고 걷고 뛰던 한 세계를
감쌌던 생의 포장지

껍질을 벗어 준 돼지에게
할 말은 없나요.
당신의 맨 바깥을 만져보세요
대체
무엇을 감싸고 있는 거지요

『시』

김 기 순

한마디

마른 잎이 떨어져 나가듯이
기억력도 내 곁을
속절없이 하나둘씩 떠난다

약 력

- 《문학공간》(2002) 시 등단
- 알베르카뮈 문학상, 문학공간 본상(2017), 중랑문학상 대상 (2018)
- 한국문인협회 회원, 「바림」詩 동인
- 시집: 『그대 내 곁에 있어만 준다면 좋겠네』, 『흔들리지 않는 건 아무것도 없다』

기억력 외 2편

마른 잎이
떨어져 나가듯이
기억력도 내 곁을
속절없이
하나둘씩 떠난다
슬퍼 말자
낙심 말자
혼밥 먹는 사람이
늘거늘
외로움보다는
나으리라
지루한 나날이어도
기다림이 있잖은가
저녁밥 함께 먹을

자연의 법칙

낙엽은 떨어져
거름이 되어
또다시 태어나고
사람은 죽어
후대를 남기니
죽음은 끝이
아니라는 증명이다
가면 오고
오면 가는
자연의 법칙대로
또 다시 새순은
늙어 떨어지는
시작도 끝도 없는
순환의 연속임을

기분 좋은 날

어! 친구
잘 지냈어
하하 하하
유쾌한 친구다
아침부터 에너지가
팍팍 넘친다
나까지 유쾌해진다
언제나 웃는
그가 좋다
목소리 크고
잘 웃는 이가
솔직해 보인다
밥 한번 먹자고~
좋지. 화답한다
시원시원한 성격에
인기 최고다

『시』

백 승 호

한마디

못다 한 미련 남아 아쉬움 쌓이지만
아무리 백수의 왕이라도
순리인 걸 어쩌랴!

약 력

- 월간 《문학공간》(2003) 등단
- 한국문인협회 회원, 「바림」詩 동인
- 시집: 『한 방울의 물이 되어』(2010), 『골짜기 돌아 돌아』(2019)
- 사화집: 『바림의 시인들』 외 다수

십이월 외 4편

드디어 열두 번째
차례가 되었는데
지루하던 마음이
왜 이리 초조한가
가는 해 잡지 못하는
안타까운 오늘아!

송년

깡충깡충 토끼에
쫓겨가는 호랑이
못다 한 미련 남아 아쉬움 쌓이지만
아무리 백수의 왕이라도
순리인 걸 어쩌랴!

불청객

멀쩡하던 인수봉
행방이 묘연하다
마술도 아닌 것이 이래선 안 되는데
어쩌나 지척도 안 보이는 미세먼지 이 횡포

어제도 선명하던
자운봉 어디 갔나
청량하던 가슴이 답답하고 먹먹하다
아서라 기침마저 부추기는 달갑잖은 불청객

언제 어디

안온한 지금 여기 바람이 없다 하여
희희낙락 웃으며 너무 좋아 말아라
어허야 사람아 우리
언제 어디 있으랴

저 능선 너머에도 거친 바람 없을지
내일도 오늘일지 살다 보면 알리라
어허야 세상 사람아
어디 언제 있으랴

복기(復碁)

흑백으로 한판을 후끈하게 달군 뒤에
어떤 악수 어떤 오판 어디서 있었을까
겸허히 되짚어보는 내 인생의 바둑판

『시』

이 경 구

한마디

한 번에 툭 하고 떨어질
내 삶도
저토록 아름답게 꽃 피울 날 있으리

약력

- 《문학세계》(2004) 시 등단
- 중랑문학상 대상(2021), 중랑신춘문예 입상(2006)
- 한국문인협회 회원, 한국문인협회 중랑지부장(8대), 중랑문인협회
  고문, 시마을3050 동인
- 시집 『꽃을 키우는 남자』(2013)

아름답다는 것은 외 2편

네 번의
겨울을 지난 자두나무밭에
햇살 속 찬 바람을 맞고
잠을 깬 눈들이 꽃망울 터트리고 있다

겨울 밭엔 긴 시련을 이긴
초록 융단이 깔리고
겨울 냉이와 일어선 쑥들의 외침이 싱그럽고
나무의 눈들 꽃피울 준비에 소리 없는 함성이 퍼지는

삼월의 아침
어린 것들이 살아 숨 쉬는 맑은 날
잠을 깬 것들은 모두 싱그럽다

꽃망울이 부르고
지저귀는 새소리
내 속의 노래가 울려 퍼질 때
내가 초대한 손님은 저 멀리서 오고 있다

그대 마른 대지를 새싹들과 함께
내 창을 두드릴 때
우리들은 함께 봄의 꽃을 피운다

목련꽃 피우다

나뭇가지 끝에 순백을 매단 채
까맣게 속 태우는
기다림
저리 환하게 고고하게 벙글 수 있다면

비바람 눈보라에
개나리 벚꽃 휘날리는 잎들 속에서
옷깃 여미고 마른침 삼켜가며
견딘 시간 있어
우아한 자태 저리 뽐낼 수 있으리

피었다가 지고 다시 피는
꽃들의 자랑
만개한 꽃잎들이 비바람에 날린다
한 번 가신 님은 다시 오지 않는다
다시 꽃 피울 그날을 기약해 본다

고독한 시간만큼 아름다울 수 있다면

한 번에 툭 하고 떨어질
내 삶도
저토록 아름답게 꽃 피울 날 있으리

꽃등불

꽃이 핀다 했더니
세월 좋아 꽃놀이하다가 간다고
사랑한다고 전하라 하네

이렇게 꽃비 흩날려 버리면 무심한 세월
어찌 감당하라고
핀 꽃이야 제가 좋아서 피었다 지겠지만
져버리고 나면
바라보는 우리들의 아픔을 알기나 하는가

흐르는 세월에 세모시 옥색 치마 두고 누런 삼베적삼 입고 떠나갔다
지는 꽃을 잡을 길이 없다

화장을 했어도 안 했어도
여인의 꿈은 꽃이기를 바랄 뿐이다
삼베적삼에 웬 화장이냐

더는 무엇을 바랄까
나이가 구순의 고개를 넘어가도 그냥 꽃이고 싶다

하얀 핏기 하나 없는 얼굴에
붉은 입술이 캄캄한 외길에 붉은 등처럼 빛난다

김 미 애

한마디

아무리 꽃이 좋기로
장미보다 더 장미 같은 조화에
눈이 팔려
시침을
한 바퀴 반이나 돌게 했다

약 력

- 계간 《한국작가》(2005) 등단
- 《한국작가》 신인문학상(2005)
- 한국문인협회 회원, 수필가협회 회원

눈물 반 웃음 반 외 3편

빵집 문을 들어서는
은발의 노인

싱글벙글
빵을 고르더니
말문을 연다

우리 딸이 좋아하는 빵을
사러 왔다며
사십 년 만에 잃어버린 딸을 찾았다며
돌연
눈물을 훔친다

잃어버린 사십 년
갈피갈피 채워주고 싶어
빵집을 통째로
끌고 갈 눈빛이다

참 잘했어요

흰 머리 늘어나는 속도와
발맞추는
당신의 건망증

외출 한번 할라치면
현관문이
신발보다 먼저 닳는다

깜박깜박한다는
지청구 듣지 않으려면
메모하랬더니

A4 용지에 꾹꾹 눌러 쓴
'차 키
핸드폰
마스크,
중문 이마에
척!!!
붙여
보초 서게 하고

집이
떠나갈 듯
코 고는 당신
등짝에
별 다섯 개
도장 찍어주고 싶다

월요일

카톡 카톡
띵동 띵동
이른 아침 문자 알림 소리
단잠을 깨뜨린다

주말에 발 묶였던
소식 전하느라

은행도
병원도
택배도
참 바쁘다

잠에 묶였던 나를 풀어
핸드폰에 묶는 아침
뛸 준비하는 월요일에게
운동화를 신겨 줘야겠다

소확행

무엇이든 다 있다는
마트에
머리끈 하나 사러 갔다가

빵구똥꾸 문구야에서
눈을 떼지 못하는
꼬맹이가 되었다

반짝반짝 윤기나는 그릇엔
엄마 얼굴 담겨 있고
낚시대, 낚시바늘, 뜰채에는
붕어 손질하시는
아버지의 손이 나타났다

아무리 꽃이 좋기로
장미보다 더 장미 같은 조화에
눈이 팔려
시침을
한 바퀴 반이나 돌게 했다

돌아오는 길

달랑 머리끈 하나 손에 쥐었지만
발걸음은
영락없는 여덟 살짜리였다

유 후 남

한마디

폭우가 쏟아져도
들숨 날숨으로
기다리다 보면
지나가는 바람일 뿐

약 력

- 《문학공간》(2007) 시 등단
- 중랑문학상 우수상(2016), 중랑신춘문예 입상(2006)
- 한국문인협회 회원, 중랑문인협회 감사, 시마을3050 동인

기다림 외 2편

폭우가 쏟아져도
들숨 날숨으로
기다리다 보면
지나가는 바람일 뿐

늘 고요하다

내 안의 고요한
한 조각 우주

피아니스트의 꿈

구순의 엄마
침대에 누워서
막내아들
물끄러미 바라보다

너는 좋겠다

좋아하는 음악
마음껏 할 수 있어서

기억의 창고

60여 년 전 기억 한 조각
토끼풀 뜯다가
넘어가는 해 주춤거리는
고요한 들판 무서워
달음박질로 집에 오니
토끼밥 적다고
종아리 맞았다

창고에서 찾아낸 보물
먼지 털어내고
정성껏 손질하니
네 편이었던 시간들

내 머리 위
관으로 빛나네

『시』

정 송 희

한마디

절로 푸르러
씨익 웃는 봄
내 곁에 들었다

약 력

- 계간 《自由文學》(2007) 시부 2회 추천 완료 등단
- 중랑문학상 대상(2020), 한국방송통신대 '통문' 우수상(2012)
- 한국문인협회, 한국自由文協 회원, 한국문인협회 중랑지부장(9대), 중랑문인협회 명예회장, 시마을3050 동인
- 시집: 『무지개 짜는 초록베틀』(2014), 『애플민트 허브』(2021)

얼음꽃 외 3편

서늘한 각도로 스르르 눈감는다

당신과 나 하나로 묶여
어찌할 줄 모르던 뜨거움 잠재운다

눈 뜨면
녹아내릴 기억들 두려워
말문까지 꽁꽁 닫아 걸면
머릿속 가지런히 안개비

얼음꽃 핀다

만 원 행복

허브 여섯 가족 만 원에 샀다

로즈마리 오데코롱민트 초코민트 스피아민트 페퍼민트 애플민트
초록 옷 살짝 흔들면 속내음 쏟아놓는 여섯 남매

청색 연회색 금테검정 진록빛 청잣빛 흰빛(밋밋한)
여섯 도자기 화분 나란히 창가 쪽에 앉아 있다

오랜만에 언니 동생 모여
아버지 어머니 계신 하늘로
안부 띄우는 삼월

서로 다른 향기 나누다
조금씩 닮은꼴로 웃는다

절로 푸르러
씨익 웃는 봄
내 곁에 들였다

굴러라! 콩

나물 뿌리 키워 볼까
보름달 같은 쟁반에 메주콩 줄줄이 세우고
살짝 기울여 비탈길 만든다
굴러라! 콩
응원하며 살짝살짝 손 흔들어 준다
뒤뚱거리다 멈춰선 콩들은 돌과 함께 탈락이다
내리막길 갈 땐 가볍게 중심을 잡아야지
모나지 않고 둥글어야지
비탈길 굴러 쟁반 아래쪽에 모인 콩들
물속으로 풍덩
거침없이 구르는 재주부린 콩 시인
가슴 젖어 맑은 시 뿌리내리고
퇴고 끝에 감동 한 접시 선물할 것이다
詩 뿌리 깊어질 것이다

어디서 왔는지

거실에 어린 거미 한 마리 헤매고 있다
어디서 길을 잃었을까

이쪽으로
저쪽으로

내게 들리진 않지만
엉엉 울고 있는 것 같다

낯선 곳이 두려워
이름도 주소도 까먹었을 것이다

어미와 가족들은 어쩌고 있을지

떨고 있는 어린 거미 살펴보다
이불 같은 종이로 감싸주니
몸을 웅크린 채 움직임이 없다

아이야
울지 말고 엄마한테 가자

대추나무 옆
풀밭 파출소로 데려다 주었다

『시』

정 여 울

한마디

내일은
어제를 그리워하리라

약 력

- 계간 《自由文學》(2009) 시부 2회 추천 완료 등단
- 중랑신춘문예 입상(2007), 중랑문학상 우수상(2017)
- 한국문인협회회원, 시마을3050 동인

보름달 외 2편

오늘
온 땅을 밝힌다

이 밤
맘껏 누려라

내일은
어제를 그리워하리라

활짝 핀 꽃
시간이 지나면 떨어지는 것

삶은 한순간이다

오월

가슴
활짝 펴라

맘껏
사랑하라

온몸으로
웃어라

춤추며
노래하라

꽃그늘
펼쳐라

뒤돌아보지 마라

한 계단 오르고
작은 숨

두 계단 오르고
큰 숨

올려다본 하늘은
푸른 바다

파도 밀며
앞으로
앞으로

하얀 사다리길
아득하다

『시』

조 금 주

한마디

기다리는 마음
꽃은 바람의 향기

약 력

- 사)대한민국 《국보문학》(2010) 시 등단
- 사)대한민국 《국보문학》 신인상 수상
- 공저: 『때때로 누구라도』 『내마음의 숲』 『첫만남의 기쁨』 『그리움의 끝』
- 시집: 『어머니 당신은 꽃』

봄마중 외 2편

보송보송한 솜털
꽃망울

오르가즘을 느끼고
피어나는 순백 목련꽃

기다리는 마음
꽃은 바람의 향기

봄을 한입 물고
봄꽃 향기에
취해
꽃마중 나간다.

벚꽃

화려한 몸짓
세상 밖에 터트려
꽃잎 오솔길

저토록 화려하게
흩날리는 눈꽃
여인의 향기로운
치마폭

한 올 한 올 수놓는다.

민들레꽃

그리움 지쳐 있을 때
살짝 얼굴 내민
노오란 민들레

길가 모퉁이 앉아
방실방실 웃고

기다림 지쳐 있을 때
살며시 찾아와
손짓하는
하이얀 민들레

권 재 호

한마디

거울에 집중하고
양파 한꺼풀씩 벗기듯
지난 시간 나를 본다

약 력

• 《자유문학》(2012) 시 등단
• 한국문인협회 회원, 자유문인협회 회원, 시마을3050 동인
• 동인공저:『소리없는 계절』,『찔레꽃 잠깐 피었을까』

가족 외 2편

출장 갔다 집에 가면서
강냉이 들고
귀가하는 동료를 본다

가족을 챙기는 가장 어깨
쓸쓸하다

빈손으로 가는 하늘길인 것을

내 가족 생각하다
집을 지나친 줄도
모르고 걸었다

거울

각을 세우고 있다

마주 서서 보면
지나온 날 얼굴에 보일까?

내 속을 볼 수 없어
시선 날카롭게 각을 세운다

거울에 집중하고
양파 한꺼풀씩 벗기듯
지난 시간 나를 본다

매운 속살에 눈물 흐른다

추억 언덕 이야기

다리가 섬 연결하듯
서울 대구 예천 부산역에서
다리 다리 도다리

친구와 따끈한 청아 한 잔의 바다
구수하고 넉넉한 학창 시절
보따리 술술 풀린다
다리 다리 도다리

모여라
이야기 부어라
웃음을 마셔요
다리 다리 도다리

『시』

윤 숙

한마디

그 뿌리까지 덤덤히 내어주고
바람새 되어 훠이훠이 날아간
망개 오라버니

약 력

• 《자유문학》(2013) 시 등단
• 중랑문학상 우수상(2018)
• 한국문인협회, 자유문인협회 회원, 시마을3050 동인
• 동인공저:『소리없는 계절』,『찔레꽃 잠깐 피었을까』

분꽃 외 2편

한 편의 시를 담아내는
그대의 방

새의 노래
눈부시게 일렁이는 여름

태풍이 지나간 뒤
꽃은 지고
천천히 열리는 까만 씨앗
또록또록한 노래

그런 방 하나 갖고 싶다

환승역 길 찾기

지하철 환승구 찾아 내려가니
두 갈래 길 나온다

방향 안내 표시 따라
앞선 발자국 뒤만 졸졸졸

한참 가다가 보니
이건 내가 갈 길의 반대 방향
멈춰서 멍한 모습으로 길을 본다

선택은 불안을 순식간에 잠재우는 법

희미한 불빛 밝힌 맞은편 길로
한걸음 먼저 내디뎠다

여기서 보니
내가 놓친 길들
환히 보인다

망개나무 쓰러지다

푸른 잎
마른 잎 되어
빛을 잃었다

세찬 비바람에도
꺼지지 않던
망개가 피운 열매의 불꽃

그 뿌리까지 덤덤히 내어주고
바람새 되어 훠이훠이 날아간
망개 오라버니

없을 때의 하늘은 늘 자울거리는 것을

『시』

강 태 호

한마디

인간은 무지갯빛 세상을 볼 수 있고
무지개 세상에서 살 수도 있는 것

약 력

- 월간 《조선문학》(2013) 등단
- 건국대학교 법학과 졸업, 행정대학원 졸업
- 한국시인협회 발전위원, 서울특별시 시우회(중랑구) 운영위원,
  한국생활문학문인회 회원
- 국제펜문학 회원

프리즘의 미학(The Esthetics of Prism) 외 1편

태양은 자기의 빛 태양빛을 발산하고
인간은 프리즘을 발명하여 태양빛의 자외선과 적외선을 제외한
태양빛을 육안의 可視광선인 무지갯빛으로 分光하였다
프리즘은 無色의 빛을 분광하여 7색의 무지갯빛으로 창조하니
인간은 무지갯빛 세상을 볼 수 있고 무지개 세상에서 살 수도 있는 것
프리즘의 마음으로 삼라만상을 무지갯빛으로 바라보며 살자
無色의 빛을 무지갯빛으로 창조하여 무지갯빛 세상에서 살자
얼마나 아름답고 신비로운 환상적인 세상인가

暗黑은 光明으로 否定은 肯定으로 拒否는 受容으로
絶望은 希望으로 불신은 신뢰로 교만은 겸손으로 슬픔은 기쁨으로
미움은 사랑으로 승화하고 창조하며 살아가자

내가 사랑하는 그대여! 나를 사랑하는 그대여!
작은 고마움도 크게 감사하고
작은 긍정도 크게 칭찬하며 살자

서로 사랑한다는 세상이 얼마나 아름다운지는
프리즘으로 세상을 바라보며 프리즘의 세상에서 살자
일곱빛깔 무지갯빛 세상에서 살자

무지개의 스펙트럼(Spectrum)이 되자
우리가 사랑하는 세상은 프리즘 세상
무지갯빛 인간세상 자연과 우주

무지개 의상과 얼굴, 무지개 미소
찬란한 사랑과 행복의 무지개인 공작의 날개 빛처럼
세상은 언제나 아름답고 행복한 '프리즘 세상'

말 잘하는 시인들

詩人 소설가 수필가 극작가 등의 文人들
시(詩) 創作者만 왜 詩人이라 했을까

이상과 낭만의 세계를 詩로써 창작하며 꿈꾸며
속세에서 仙人으로 신선의 세계에서
살기를 원하는 시인들

마음속에 영혼 속에 내면화하며
행동으로 체질화하며 사는 사람

시 창작하는 시인들
말도 잘하는 시인들

말(言)로 말(言)을 이기려고 하지 말고
마음(心)으로 마음(心)을 이겨야
眞心으로 마음을 이겨야

우리가 살아있는 생이 다하는 그날까지
來日을 위해 한 그루의 나무를 심는 그날까지
인생은 미완성의 마음과 자세로

아름다운 시어로 아름답게 글 쓰고, 말하고, 행동하며 살면,
아름다운 시 세계의 삶이 되고 행복한 인생이 되고.

『시』

정 병 성

한마디

눈물을 태우려고
햇살에 얼굴을 담그려다
시인이 되고

약 력

- 《우리詩》(2015) 등단
- 중랑신춘문예 시 부문 수상(2010)
- 중랑문학상(2020)
- 우리시회 회원

상고대 외 3편

수천 마리 사슴이

뿔을 내리고

하얗게 열어 놓은

하늘길 오르고 올라서

칼날 같은 순결함에

고혹한 깃털 피고 지고

나는

눈이 멀 것만 같아

밤새도록 찾아 나선 당신 곁

산 목도리 먼 하늘

신체포기각서

간선도로 난간에서
목놓아 외치던 현수막
위태로운 저곳에
환청이 펄럭이고 있었지
누이처럼 불쑥 노란 종이를
내미는 유채꽃
―떼인 돈 받아드립니다
친구야 너도 그랬지
빨간딱지 온몸 두르고
식구들 떠나고
자식들도 찾지 않던 날
예배당 경전처럼
몸뚱어리가 재산이라고
들려주던 어머니 옛 목소리
저무는 들녘
초심의 강가로 돌아가서
첫눈 내리는 날
다 같이 죽자
그랬지

교회 부활절에 환히 웃던 친구야

역광

햇살 안으로 무수히 걸어 들어간 날들

입관실
어머니 얼굴이
그렇게 환했던 기억

가시밭길 등에 지고
빛바랜 날들
살리지 않기로 한 지금

지는 해에
부활을 꿈꾸는 소망 하나
마디마디 역광 속에서
그러므로
생은 부각되리

사랑으로
당신의 별 빛나고 있을 어디

해 떨어질까
조급해할 이유가 없는

보정이 필요 없는

오늘 밤

나는 태양을 안은 사진이 좋아졌다

시인과 별

흑암에 갇힌 수렁
한 줄 희망의 동공에
별이 되고

눈물을 태우려고
햇살에 얼굴을 담그려다
시인이 되고

묻어버린
들녘을 노래하기 위한
시인의 밤은
언제나 날갯짓

밤에 홀연히 떠난 당신이여

토해내는 사랑의 껍질
가슴에 파고든 칼바람
들꽃 같은
삶의 이력

별빛 휘감는 애소곡

거미줄처럼 뒤엉켜 떨어지는
긴 긴 유성이여

전 소 이

한마디

사람은 새로운 탄생을 위해 흙으로 돌아가고
꽃은 새로 피기 위해 지는 것이다
지니까 꽃이다

약 력

- 《문예비전》(2017) 시 등단
- 울타리 동인
- 대한민국미술대전 서양화 부문 입선(2011)

아기는 외 4편

꽃이다

저리도
쬐끄만 웃음
삐죽거리는 입술

바둥대는 몸짓

찡그려도 예쁘고
울고나도 예쁘다

짝사랑

어쩌다
너에게 마음 다 주어버리고
허락 없이 사랑해버린 죄

그게 슬픔인지도 모르고

꽃집에서

가을을 팔고 있습니다
들국화 코스모스 갈대 모두 있습니다

가을을 느끼고 싶은 사람은
꽃집으로 오세요
친구와 함께 와도 좋고
사랑하는 사람과 오면 더욱 좋습니다

따끈한 모과차와
계절 낭만은 덤으로 드립니다

가을을 팔고 있습니다

고향집

눈 감고도 찾아드는 집

들국화라 우기던 쑥부쟁이 핀 고샅길 따라
하늘색 나무 대문
땅따먹기하던 안 마당
내 발길에 나뭇결이 더 선명해진 마루

얼마 만인가

그땐
어머니가 계셨는데

이젠 어머니보다 더 흰머리이고
찾아가는 집

지니까 꽃이다

지는 것을 서러워 마라
흔들리는 들국화

가으내 빛나는 태양 아래
신선한 공기 맑은 물 마시고
노랗게 익은 꽃

나비 만나 사랑을 하고
물총새 쪽빛 날갯짓도 보았지 않느냐

사람은 새로운 탄생을 위해 흙으로 돌아가고
꽃은 새로 피기 위해 지는 것이다
지니까 꽃이다

『시』

함경달

한마디

산에는 진달래꽃 활짝 피고
봄노래 사람물결 따라
웃음꽃 진동하네

약력

- 《문예사조》(2018) 등단
- 문예사조문학상 최우수상, 전우뉴스신문 최우수상(2020), 대한
  법률신문사 시 부문 최우수상(2021), 수필 부문 최우수상(2019),
  대한민국보국훈장삼일장 수상
- 한국문인협회 회원, 문예사조편집위 부회장, 한국전쟁문학회 이사
- 저서: 『나의 조국』(2021)

4월의 돌담길에서

1
4월의 바람은 꽃바람
거리엔 벚꽃 산에는 진달래꽃 활짝 피고
봄노래 사람물결 따라 웃음꽃 진동하네
봄바람에 흩날리던 꽃멸기
거리를 하얗게 수놓더니

어느새 계절은 초여름인가
신록(新綠)의 5월 가슴이 뛰노라
떠나가신 영웅님들 님들이 그려진다

모질게 가난했던 그 시절
'잘 살아보자'고 몸부림치셨던 영웅 박정희 前대통령
박통의 호령에 고속도로 조선소 서둘러 건설하신 정주영
영남부호의 아들 무엇이 더 필요했던가
무역입국의 꿈을 안고 전자산업을 일으킨 호암 이병철
이런 선각자들의 뜻과 힘이 뭉쳐 나라가 발전했고
이들이 있어 대한민국 번영을 이루었네

2
머잖아 또 찾아올 여름

보리 이삭은 아직 피지도 않았는데
호랑이 사자보다 더 무서운 춘궁기 울림
쌀독은 바닥나고 바가지 긁는 소리
태산보다 더 높은 고개를 기어오를 때
공산군은 불의의 6.25남침을 감행했으니
강산은 초토화되고 생영(生榮)은 이산(離散)되니
허허설한(雪寒) 뼈저린 아픔 어찌 잊으랴

또다시 그 설움 반복치 않으려면
대오각성(大悟覺醒) 깨우침 진동해야 한다네~
북쪽의 독재정권 인명(人命)은 파리 목숨
김씨 왕국의 야욕인 삼대세습(三代世襲)
대남적화(對南赤化)의 꿈은 여전하고
과거도 현재도 미래도 그칠 줄 모른다네

3
건설은 백 년이요 파괴는 하루아침
한강의 기적 경제대국 풍요로운 문화강국
GDP는 세계 10위권 우뚝 솟은 이 나라
길이길이 후세에게 웃음꽃 전하려면
그때 그 시절 자유의 소중한 가치 잘 가르치고

국민의 생각 한 곳으로 모아모아
5천여 년의 역사 만년으로 이어가세

박 은 숙

한마디

강의 재채기에
물비늘 속 둥근 메아리가 되었다

약 력

• 중랑사이버신춘문예(2008) 시 입상

강가의 오후 외 2편

초록의 안개 속삭이는
강가에서

두 마리 새는 한가롭다

수양버들은
잔물결의 미소에 살랑댄다

햇살은
산등성이에 걸려 부서져 쏟아진다

저만치,
봄빛 한 조각 물고 자맥질하는 새 한 마리
이백의 술잔을 찾으려 발버둥을 쳐보지만
강의 재채기에
물비늘 속 둥근 메아리가 되었다

늦은 오후,
두 마리 새는 한가롭다

봄날, 낮선 추억을 만나다

'와수리커피' 카페에 들렀다

봄날에,

솔향기 가득한 뒤뜰 정원 벤치에서
봄빛처럼 화사한 '봄빛차'를 마시던

봉오리 활짝 피어날

너,

햇살 스미던 작은 무대에서 낮선 추억을 만났다

다짐

세찬 바람에 물결 일렁인다

하늘도, 구름도, 나무도, 헤엄치는 두 마리의 고니도, 내 그림자도

흔들린다

그래도……

그래도……

호수는 호수

『시』

나 현 명

한마디

때로 두렵게 하는 괴로운 고민들
우리에게 쏟아진 걱정도
흠 있는 나지만 예수는 받기 원하네

약 력

- 월간《시사문단》시 등단(2023)
- 제2회 중랑문학상 입상(2017)

흠 없는 어린양 외 2편

나지막이 들려 오는
주님이 원하신 예물
우리는 듣고 나서 알았네
흠 있는 나지만 흠 없는 어린양
예수는 받기 원하네

연약한 나를 잡아 주시고
십자가 앞에 서서
은혜의 포도나무 되시네
가지는 부러지지 않으리
기도는 꺾이지 않으리

오, 주님 흠 없는 어린양
오, 주님 흠 없는 어린양
진실로 주님이 지금도 날 지키시네
진실로 주님이 지금도 날 지키시네

때로 두렵게 하는
괴로운 고민들
우리에게 쏟아진 걱정도
흠 있는 나지만 흠 없는 어린양
예수는 받기 원하네.

용마산

초록 빛깔
산을 오르려면
준비는 필수예요

타야 할 노선까지도요

안내 목소리가
녹음으로 들릴 때

용
마
산
역
2번 출구

걷거나 뛰지 마세요
넘어질 위험이 있습니다.

사랑은

사랑은
그럼에도 불구하고
분위기 있는 석고상처럼
완벽해 보인다

불완전하지만
단단하고 매끄러워서

나는 다시 입술을 깨물었다

절대 신이 아닌
방심하는 인간이기 때문에.

『시』

김 종 화

한마디

잿빛 강가를 서성이던
비둘기 한 마리가
강물에 떠내려 온
내 넋을 쪼아대고 있었다

약력

• 《중랑문학》 신인상 최우수상(2021)

펫로스증후군 외 2편

내가 너를 사랑해서
봄이 깊어간다

내가 너를 사랑하고
봄이 깊어서
현기증처럼 비가 내린다

내가 너를 사랑하고
봄이 깊어가고
현기증처럼 비가 내려서
한밤중에도 모든 것이 너를 향해 깨어 있다

내가 너를 사랑해서
피안에 이르지 못한 나의 묵상과
균형을 잃어버린 시간들이
하얗게 지쳐간다

바람의 생각

낡은 운명처럼
나의 역사는 진부했고
고상한 유의와 인지부조화로
가을이 내리는 거리는 차갑고 우울하다

연역적 예감과 끝이 보이는 사랑은
언제나 슬픈 진행형이었고
깊은 허공을 동경하던 새들의 날갯짓은
화석이 되어갔다

로체스터의 망토처럼
길은 모퉁이를 돌아 가을 속으로 자취를 감추었고
이제 그토록 열망하던 계절의 끝에서
나는 바람의 생각을 듣는다

강가에서

강가에 앉아 있었다
세차게 내리는 비가 강물을 적시고 있었다

빗소리가 너무 슬퍼서 우산을 접었다
비에 젖은 술병이 파르르 떨었다

청담대교 밑을 지하철이 지나가고 있었다
아무런 소리도 들리지 않았다

잿빛 강가를 서성이던 비둘기 한 마리가
강물에 떠내려온 내 넋을 쪼아대고 있었다

『시조』

이 형 남

한마디

당신이 떠난 자리
사랑으로 빛납니다

약 력

- 《시조시》(2011) 신인상
- 《가사문학》 제7회 대상(2020)
- 시조집: 『쉼표, 또 하나의 하늘』(2018)
- 동시조집: 『나무 이발사』(2018)
- 현대시조100인선집: 『꽃, 과장을 능치다』(2019)
- 가사 100인선집: 『설산(雪山)을 사다』(2021)

눈부신 것들의 노래 외 4편

당신이 떠난 자리

사랑으로 빛납니다

파도 소리 흥건하여 해초들 너울거리고

한 생의 숨비소리가 그러안은 내 사랑

침묵은 수묵화를 그리고

뜨겁게 타는 겨울 강

연자육도 목 끄덕일뿐

안으로만 앓고 있던 그 사랑 품고 살아

제 몸을 희게 지센 밤 여백마저 아스라한

아무도 모르라고

당신은 누구에게 눈이 되어 안겨 있나요

혹여 다 녹아버려 나처럼 눈물 흐리다

얼음새 꽃으로 피어 하늘빛 고요 맞으려나

때로는

너에게
가는 길은
사막도 비단길도

눈이 먼 어미 낙타 결음 위에 조각달로 떠

귀 익은 마두금 소리
빗장 열었을
저 모성

쇠뿔에 받힌 봄

이게 뭐냐 어떻게 그럴 수가 있단 말이여

검붉은 탱탱한 왕대추가 절로 여남 등걸을 어르고 만진 황소 덕 아니 간
디 누가 뭐래도 둘이는 단짝이제 대추나무도 비비고 부대껴야 넘어지지
않으려고 뿌리를 내리고 버티는 게야

황 영감 그 사랑타령에 올해도 대추 꽃 총총하다

박 헌 수

한마디

화무(花無)는 십일홍(十日紅)을 지키려 함인 게야

약 력

- 《시조생활》(2012) 등단
- 녹조근저훈장 수여, 보이스카웃 무궁화금장 수여
- 창동고등학교 교장 역임

꽃비 외 1편

새 아침 마당 위로 벚꽃잎 흩날리네
화무(花無)는 십일홍(十日紅)을 지키려 함인게야
꿀벌이 다녀갔기에 어서 질까 하네요.

목련꽃을

창문을 가렸어도 그대로 두었기에
남겨진 가지마다 새봄의
목련꽃을
해마다 피우고 피워
갚아가도 되리까.

『동시』

서 금 복

한마디

때로는 거절당해도 괜찮아
어쩌다 넘어져도 괜찮아
가끔은 틀릴 수도 있잖아?

약력

- 《문학공간》(1997) 수필, 《아동문학연구》(2001) 동시, 《시와시학》
  (2007) 시 당선
- 우리나라좋은동시문학상(2018), 인산기행수필문학상(2018) 수
  상 외
- 동시집: 『파일 찾기』 외 3권, 수필집 『수필 쓰기에 딱 좋은 사람
  들』 외 2권, 시집 『세상의 모든 금복이를 위한 기도』, 3인 공저
  『1·2학년 낭송 동시』
- 한국문인협회 중랑지부장(7대), 중랑문인협회 고문
- 현재 《한국수필》 편집 차장, 중랑평생학습관 수필 강사

1학년의 짝사랑 외 4편

　
　

― 나 짝사랑해요.
― 마음 좀 아프겠네.
― 왜요?
― 너 혼자 좋아하니까.
― 아닌데….
　내 짝도 오늘 나 좋다고 했어요.
　짝끼리 좋아하니까 짝사랑이지요.

꽃그림 접시

음식 맛있게 만든 사람이
접시에 담기 전에
볼 수 있는 그림

싹싹 비운 접시를
설거지한 사람이
볼 수 있는 그림

수고한 사람 얼굴에
꽃 피게 하는 접시.

돌이 오줌 싼다

돌밭에서도 농사가 되는 건
낮에 받은 햇볕 모아
돌이 오줌을 싸기 때문이래
우리가 잘 때
돌 밑으로 살짝….

지구 지킴이

핸드폰 챙겼니?
지갑은?
컵은?

외출할 때마다 엄마가 챙겨주는
물컵

― 어디 가서 물 마실 때 너라도
종이컵 쓰지 말거라.

할까 봐

나 싫다고 할까 봐
친구에게 말도 못 붙이고

다칠까 봐
스케이트도 못 배우고

틀릴까 봐
손도 못 들고

행동보다 먼저 달려가는
'할까 봐' 때문에
아무것도 못 한다

안 되겠다
걱정은 천천히 걷게 하고
행동은 빨리 뛰게 해야겠다
'괜찮다'는 구령 붙여가며…

때로는 거절당해도 괜찮아
어쩌다 넘어져도 괜찮아
가끔은 틀릴 수도 있잖아?

정미순

한마디

보이는 것보다
보이지 않는 것이 실제 같으시다

약력

- 《문예사조》(1995) 시 등단
- 중랑문학상 본상(2007)

혀 외 3편

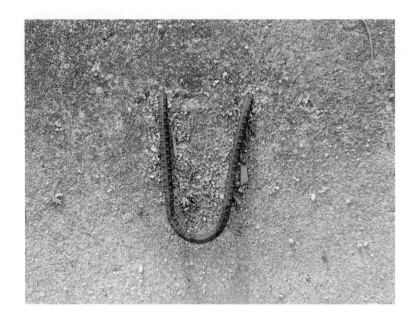

녹이 슬어도 혀다

행여 녹이 슨 말을 건넨 건 아닐까.

깊이

나이가 많아도
물속을 보려면
무릎 꿇어야 해요

낭중지추

꼭꼭 묶어도
묶이지 않는 색과 향기
스르르
풀어지는 마술 보자기

외침

틈만 나면 풀은 번져요
틈만 나면 살만한 곳이라고
꽃 펴요

『디카시』

송 재 옥

한마디

사람들은
선의 근원을 찾는 걸까
뾰족한 마음을 갈고닦는 걸까

약 력

- 《순수문학》(2000) 등단
- 한국방송통신대학교 통문제 대상(2001), 평사리문학상(2001),
  중랑문학상 우수상(2008), 중랑문학상 대상(2010)
- 글빛나래수필 동인, 디카시 마니아 회원

나아가다 외 4편

좀 더 높은 삶을 모색한다

고민하는 무리 앞에 놓인 쌀알
누군가를 따르는 것도 용기가 필요하다

포엠 모닝

도시의 새도
날개의 자유를 잃지 않았다고
가지를 흔들고 가는 문장

수취인과 배달부의
실루엣이 환하다

무지개다리

잔잔한 물결에 무지개 띄우고
하늘로 가는 중이다

너도 나도 슬픈 짐승
가뿐히 건너기를

물의 잠

깨트리지 마
지금은 적막의 계절

겨울잠 깨어난
목마른 짐승 찾아오기 전
사르르 흐를 테니

둥근 것의 뿌리

사람들은
선의 근원을 찾는 걸까
뾰족한 마음을 갈고닦는 걸까

『디카시』

손 설 강

한마디

미안해
이젠 돌아보지 말고 훨훨 떠나렴

약 력

- 《한맥문학》(2001) 수필,《문학공간》(2002) 시 등단
- 제1회 전국석정문학상 디카시 부분 최우수상, 제2회 신정문학상
  달빛 디카시 공모 전체 대상
- 저서: 수필집『물음』, 시집『뚜껑』『옴파로스』
- 디카시집:『오늘은 디카시 한잔』『가족 사진』
- 공저:『꽃의 비밀』외 다수

수몰지구 외 2편

마당으로 뻘게가 드나들더니
마루 밑에서 수초가 자라고

댐이 생기고 마을이 잠기고
농심은 쩍쩍 갈라지고

사십구재

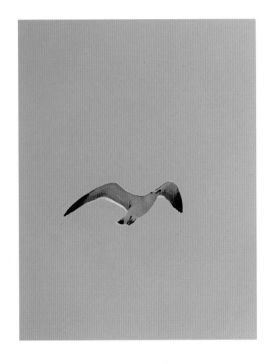

미안해

이젠 돌아보지 말고 훨훨 떠나렴

하지만 용서까진 바라지 않을게

이태원에 떨어진 꽃들아

사월의 꽃처럼 스러지다

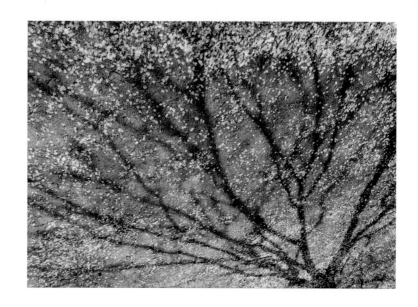

벚꽃 잎 떨어져 제 어미 위에 누웠다
이승을 떠나지 못한 한(恨)이 피었다

『수필』

박 남 순

한마디

옆자리에 버티고 서 있는 은행나무는 반쯤 옷을 벗어 놓고도 아직은 기품 있게 서 있다가 내 마음을 알아차린 듯 황금빛 미소를 짓는다.

약 력

- 《순수문학》(2001) 등단
- 수필집: 『세월의 숲』(2014)
- 중랑문학상 대상(2013)
- 한국문인협회 중랑지부장(6대), 중랑문인협회 고문
- 글빛나래 동인, 목우수필문학회 동인, 한국수필가협회 회원, 한국 문인협회 복지위원

옛 동무 외 1편

　새벽부터 안개비가 내리다 그친 늦가을 아침이다.

　조기 수영을 하고 오다가 가는 세월의 아쉬움을 달래려고 공원으로 갔다. 평소에도 급한 볼일이 없는 날이면 수영을 하고 오면서도 종종 공원에서 산책을 하며 계절을 마중하기도 보내기도 한다. 오늘도 새벽비에 그나마 남은 단풍이 다 떠날까 봐 조급한 마음에 서둘러 발길을 공원으로 향했다.

　아침부터 걷기운동을 하는 사람들이 잠시 비가 멈춘 틈을 타 출근길처럼 밀려간다. 우산을 들고 때론 우비를 입고 열심히 한 방향을 바라보고 걷고 있다. 이 공원의 오전 단골 산책객들은 건강한 젊은 사람들보다 연로한 노인층과 불편한 몸을 이끌고 어렵게 운동하는 사람들이 많은 시간이다. 그 행렬을 따라 나도 조금 걷다가 가을 단풍철이면 늦게까지 그 배색과 조화가 빛나는 옛 동무처럼 편안한 단풍나무 군락지로 갔다.

　다행히 단풍이 꽤 남아서 동무처럼 훈훈한 미소로 나를 반긴다. 단풍나무 한 그루가 다채로운 빛으로 물들어 가을옷으로 갈아입고 있다.

　한쪽엔 진빨강 옷을 걸치고 안개비를 맞은 채 요염하게 웃고 있고, 평소 정이라는 건 받은 적도 없는 것처럼 생떼를 쓰듯이 아직도 여름의 끝자락을 부여잡고 있다. 그 옆가지는 순하디순한 사람처럼 이도저도 아닌

누우런 빛으로 물들어 어정쩡한 눈웃음으로 맞는다.

아! 예쁘네, 아직 그대로여서 고마워! 어찌 한 나무에서 저리도 예쁘게 제각각의 색으로 공존하는지? 부조화인 듯한 그런 조화가 신선하다. 혹시 내 마음속에도 저렇게 다양한 색깔이 존재하여 시시때때로 자신도 헷갈리는 것은 아닌지 하는 생각을 하다 피식 웃었다.

옆자리에 버티고 서있는 은행나무는 반쯤 옷을 벗어 놓고도 아직은 기품 있게 서 있다가 내 마음을 알아차린 듯 황금빛 미소를 짓는다.

나는 해마다 이곳의 풍경을 사진으로 몇 년째 담아 다음 해 단풍철까지 가끔 열어보고 지낸다.

가을이 오면 이런저런 인연들과 먼 곳으로 단풍 구경을 나서지만 결국은 이곳에서 낙엽과 마지막 작별을 하며 가을을 보낸다.

그때 마침 친구에게서 전화가 왔다. 통화를 하다 자초지종을 말하며 옛 동무 같은 장소에서 단풍 구경하고 있다 하니, "단풍만 옛 동무 찾지 말고 친구도 옛 친구 찾으라" 한다. 그러면서 우울증이 올 것 같다고 하소연이다. 이유인즉 건강이 힘들어져서 집안에만 있다며 울적하다 한다. 미안하고 안타까워 조만간 만나서 늦은 단풍 구경이라도 가자 하며 전화를 끊었다.

옛 동무, 옛 추억 정감 가는 단어이다. 내 인생의 서리서리 쌓인 사연들이 많고 많지만 늘 그 인연들을 잘 챙겨가며 살기란 쉽지가 않다. 오랜 친구들과 몇 해째 통화할 때마다 곧 보자고 약속을 하지만 쉽사리 만나지 못했다.

그 인연들과 별 탈도 없는데, 팬데믹 세상을 살다 보니 그러했고, 거리에 제약과 환경과 삶의 풍파로 그 옛정을 쉽게 잡아당기지 못하고 있다.

그렇다고 별 서운한 것도 없다.

'물건은 새것이 좋고 사람은 옛사람이 좋다'는 말이 있지만 그 소중함을 못 지키며 그날 그날 달음질하듯 살아간다.

앞으로 남은 내 인생의 시간 속에서 옛 동무들과 만남은 몇 번이나 생길까?

어릴 적 함께 어울리고 서로 떨어지면 못 살 것 같았던 친구들과, 집성촌인 한동네서 뛰어놀면서도 어쭙잖게 촌수를 따지느라, 이름도 쉽사리 부르지 못하면서도 친구처럼 자라던 친척 아이들이 그립기만 하다. 앞으로 우정과 우애를 조금이라도 찾으며 어떻게 아름답게 인연을 마무리할 수 있을까?

가을이 깊어 가는 공원에서 인간사에 미처 풀지 못한 인연의 보따리를 다시 풀었다 여미며 아쉬움을 달래 본다.

솟대마을

봄기운이 코끝으로 솔솔 스며드는 어느 날 아침이다.

겨우내 움츠리던 육신도 기지개를 켜고 있는지 뻐끈하던 온몸이 슬슬 부드럽게 움직인다. 그런데 아침부터 베란다 창 너머로 요란한 소리가 들려왔다. 무슨 일인가 싶어 급히 나가보니 단지 내 나무들이 속수무책으로 넘어가고 있다.

입주한 지 30여 년이 되었으니 나무들이 제법 위용을 자랑하고 울울창창하였는데, 모든 가지가 다 잘려 나가고 덩그러니 몸뚱이만 남아있다. 놀라서 관리실로 항의 전화를 하니 정원수의 가지치기를 하는 중이란다.

'무슨 가지치기를 이렇게 흉하게 하냐'며 항의를 하니 '이번에 동 대표 회의에서 비용 절감과 수목의 건강을 위하여 강지를 한다.

아뿔싸! 이렇게 동네 일에 무심한 대가를 톡톡히 치르는구나 싶었다.

그동안 중지를 2~3년에 한 번씩 하였는데, 가을에 낙엽 치우기도 어렵고 저층 세대에 일조권 문제도 있고 해서 그리 한다는데 할 말이 없었다.

그래도 적당히 해야지 모든 가지를 다 잘라내고 큰 몸통만 반씩 남겨놓다니 다른 방법은 없었나 원망스럽다. 그저 가슴만 답답하고 당혹스러울 뿐이다. 그런데 가지치기는 활엽수뿐만 아니고 침엽수들도 몽땅 잘려 나갔다.

며칠 만에 동네는 유령도시처럼 변해가는데 마침 일간지에 우리 단지와 비슷한 문제로 기사가 났다.

환경연합에 의하면 이런 '두절' 방식은 지양해야 한다고 권고하고 있다. 도시의 녹색지대의 감소와 나무에도 에너지 생산능력이 떨어져 가지와 잎이 지나치게 갑자기 사라지면 나무껍질이 화상을 입고 나무가 죽기도 한다며 경고한다. 그런데 그들은 무슨 논리로 수목의 건강 운운하였는가?

동네는 입구부터 을씨년스러운 썰렁한 동네로 며칠 만에 변해버렸다. 모든 나무가 솟대가 되어 버렸다. 가을이면 단풍구경을 안가도 좋을 만치 아름답던 양쪽 입구가 몽당귀신 동네가 된 것이다.

뒷동산에 산수유와 진달래가 봄소식을 전해 오는데 우리 동네는 아직도 잠잠하다. 연노란 산수유도 아가 볼살 같던 살구꽃도 사라졌다. 어찌 보면 인간들의 편의로 못할 짓을 한 거다.

어제는 외출을 하려고 지하 주차장에서 나오는 남편 차를 기다리는데, 주차장 입구의 외따로 있던 산수유에서 실가지 하나가 용케도 남아 몇 송이가 눈곱인사를 보내온다. 나는 오랜 시간을 그 나무 앞에서 차를 기다린다. 삼십여 년 가까운 시간을 기다리며 눈인사도 나누고, 잠시 그늘도 되어주곤 했었다. 어느 해는 빨간 열매를 겨우내 달고 있다 꽃이 피어도 떨어지지 않아 걱정을 하다가, 세대교체의 시기에 대한 글 소재도 되어 주었다. 아기젓가락보다 작은 잔가지 하나가 봄을 알리고 있으니 가슴이 저미어 왔다. 그 많은 식구들은 어찌 되었는지?

지난겨울엔 일찌감치 하얀 눈 속에 주홍 열매로 곱고 고운 꽃수를 놓아서 다행이다 했더니, 그 꽃들의 이야기는 세상 밖으로 내어놓지도 못하고 먼 곳으로 잠잠하게 사라졌다.

세상사 모든 일이 상대적이긴 해도 극단적으로 다를 때 힘이 든다.

2, 3년 지나면 괜찮아진다는 위로에도 난 아직 화가 난다. 3년을 나무 밑동만 바라보는 삭막한 정원을 만들고 경제 이익만 따지며 입주민의 정서적 빈곤을 던져놓는 당당한 그들이 원망스럽다.

과유불급이라면서 왜 그래야만 했는지 아무리 이해하려 해도 마음이 불편하다. 자랑스럽고 사랑스럽게 바라보던 정원수들이 어스름 저녁노을 속에서 분을 참고 있는 것 같아 집으로 들어오는 단지 내 입구에서 아예 고개를 숙이고 외면하며 올라왔다.

아픈 만큼 성숙해지려는가? 솟대마을로 변한 우리 동네에 그나마 행운이 넘쳐나는 파랑새들이 날아와 앉으면 다행이련만.

김 준 태

한마디

나는 젊어서 '건강한 사람' '노력하는 사람' '감사하는 생활'이란
걸 좌우명으로 삼아 살았건만 나이 앞에는 이도 공허한 메아리
였다.

약 력

- 《문예사조》(2002) 등단
- 중랑문학상 우수상(2010), 중랑문학상 대상(2017)
- 한국문인협회 회원, 한국수필문학협회 운영위원회 이사, 미리내
  동인

13코스 철원에서 외 1편

  DMZ 생명 생태 평화 대장정 회원으로 일 년 중 제일 춥다는 소한 대한 철인 1월 14일 둘째 주 토요일에 연천군 대광리 역고드름에서 철원 소이 산까지 걷는 장정에 참여했다. 역고드름을 처음 본 것이 지난해 12월이다. 경원선 철길을 놓기 위해 뚫은 터널 천정에서 떨어지는 물이 바닥에서부터 얼어 종유석처럼 고드름이 자라는 희귀한 곳이다. 이 추운 계절에 비가 온다하여 갈까 말까 망설이다가 그간 한 번도 빠진 적이 없는데 비가 온다고 빠질 수가 없었다. 그래서 배낭에 우산이랑 판초를 챙겼다.

  기상청 예보대로 비가 내린다. 가장 추워야 할 시기에 비가 오다니 기상이변이다. 버스에서 내려 우장을 했다. 우중에 걷자면 우산보다는 판초가 나을 듯싶어 판초를 꺼내 입었다. 울긋불긋한 비옷들로 장정 길이 화사한데 내 우의만 검정색이다. 십수 년 전에 산 우의다. 2000년도에 사진작가들을 따라 7박 8일간 백두산에 다녀온 일이 있다. 천지를 중심으로 북파 서파 남파로 매일 장소를 바꿔가며 천지에 올라가 사진을 찍다 보니 숙소에서 새벽 한두 시에 출발하여 목적지에 도착해 해돋이며 물안개를 찍는다. 기상 변화가 심한 지대라 판초는 필수다. 얼마 전에 당시 같이 갔던 작가 분께서 카카오톡에 내 독사진을 올렸는데 검은 돌에 붉은색으로 '天地'라 쓴 표지석을 배경으로 찍은 사진이다. 그러니까 13년 전에 이 판초를 입고 찍은 사진이라 더 감회가 깊었다.

  아침부터 내린 비가 정오까지 그칠 줄 모르고 봄비처럼 내린다. 정오

무렵에 철원역사문화공원에 도착해 점심 도시락을 주는데 비를 피해 점심 먹을 만한 장소가 마땅치 않아 배회하다가 한 팀이 문을 열고 건물 안으로 들어가기에 따라 들어가 보니 초등학교 교실이다. 책상을 식탁 삼아 학창시절을 회상하며 점심을 막 먹으려는데 공원 관리자가 오더니 호통을 친다. 어디 역사문화 공원에서 밥을 먹느냐는 것이다. 우린 멀쑥해져 먹으려던 도시락을 들고 밖으로 나와 생각해 보니 우리가 교양 없는 짓을 했다. 다행히 집행부에서 비닐 텐트를 준비해 와 텐트를 받아다가 끼리끼리 둘러앉아 머리에 이니 자연스럽게 머리가 폴 구실을 해 비도 피하고 바람도 막아 아늑한 실내 공간 같아 점심을 무난히 해결했다. 등산 경험이 많은 분들한테 우중에 대처 방법을 한 수 배웠다.

점심을 먹고나니 빗줄기가 약해지더니 날씨가 든다. 비 때문에 둘러보지 못했던 공원과 길 건너에 있는 북한 노동당사도 봤다. 철원역 앞 광장에 철원 역사문화를 한자리에 모아 재현해 놓은 철원역사문화공원도 하나하나 살펴봤다. 양장점, 금융조합, 공립보통학교, 강원도립철원의원, 약국, 우편국, 여관, 극장, 상점가 등 고향을 찾은 철원 분들한테는 향수에 젖을만한 장소다. 폐허 된 북한 노동당사는 뼈대만 앙상하게 남아 6.25전쟁의 참상을 증언하고 있는 듯하다.

경원선 철원역에는 기차 대신 소이산까지 모노레일을 놓아 방문객을 맞는다. 난 경로 우대를 받아 경원선을 타고 금강산 관광 가는 기분으로 소이산 정상에 올라갔다. 광활한 철원평야가 기름져 보인다. 여기서 생산하는 쌀을 오대미라 한다. 여느 지역에서 나는 쌀보다 값을 더 쳐주는 것은 밥맛이 좋기 때문이다.

정상에서 북쪽으로 3km 전방이 백마고지란다. 지호지간에 있는 것 같은데 태극기가 희미하다. 철원 평야를 차지하기 위하여 피아간에 얼마나 치열한 전투가 벌어졌는지를 백마고지를 보면 알 수 있다고 한다. 포격으로 산 높이가 1m 낮아졌고 멀리서 보면 산이 백마의 모습 같다 하여 백마고지라 했다는 전설이 있다.

철원은 두 통치자가 눈물을 흘린 곳이기도 하단다. 태봉국의 궁예가 부하였던 왕건에게 나라를 빼앗기고 울었고, 김일성이 철원평야를 빼앗기고 눈물을 흘렸다고 하니 이 땅이 얼마나 소중한 곳이었기에 빼앗기고 눈물을 흘렸을까? 소이산에서 바라보니 김일성이 통탄했을 만도 하다. 곡창지가 부족한 북한으로서는 철원은 황금 들녘이다. 이밥에 고깃국 먹이겠다고 호언장담했던 그였기에 밥맛 좋기로 유명한 철원평야를 사수하지 못했으니 그럴 만하지 않은가. 백마고지 너머로 북녘에 높이 솟은 산이 김일성 고지라 한다. 얼마나 간절했으면 그 높은 산에 올라 철원을 바라보며 한탄했을까. 철원을 지나 명성산 밑 산정호수 가에 김일성 별장이 있다. 별장을 오가며 철원평야에서 나는 고량진미의 쌀밥을 먹었을 테니 더욱 간절하지 않았을까.

앞으로 우리는 울 일이 없어야 한다. 경원선을 복원해 금강산으로 원산을 지나 블라디보스토크로 달려야 할 우리가 아닌가.

고문관(顧問官)

　모임에 나가면 나를 고문이라 호칭하는 곳이 몇 군데 있다. 고문(顧問)이란 단어를 사전에서 찾아보니 '물음을 받고 의견을 제공하는 직책. 또는 그 사람'이라 되어 있다.

　해방 후 미군정 시절에 미 고문관이 한국정치에 관여를 했다. 당시에 우리 관료 중에 영어로 대화할 수 있는 사람이 몇 사람 안 되었을 거고, 미국 고문관들 중에도 한국말을 아는 이가 몇이나 있었을까? 그래서 미 고문관과 우리 정부의 관리 사이에 의사소통이 잘 되었을 리 만무하다. 의사소통이 안 되다 보니 미 고문관들이 어리둥절하며 어리벙벙했던 것 같다. 그래서 생긴 신단어가 고문관(考文館)이다. 내가 군대에 있을 때 전후 실정을 빨리 파악하지 못하고 어리둥절하는 병사를 고문관이라 했다.

　내가 1957년도 대학 3학년 때 군에 징집됐다. 당시 대학 재학 중인 학생들을 최초로 징집해 논산 훈련소에서 훈련을 마치면 곧장 최전방 소대에 배치했다. 중대나 소대 행정병으로도 쓰지 못하게 했다. 대신 복무 기간을 단축해 주고 군번도 일반병과 달라 학보 군번이었다. 당시 일반병 복무 기간이 3년인데 학보병은 18개월간 복무를 하면 귀휴 6개월 후에 제대증을 주었다.

　전방에 배치를 받고 보니 하나 같이 장병들이 무학에 가정 형편이 어려운 소위 돈 없고 빽 없는 사람들만 전방에 배치된 것 같았다. 중졸 정도만 되어도 중대나 소대 행정요원으로 선발되어 근무할 만큼 문맹자가 많았다. 그래서 전방에 고문관이 많았다. 고향에 편지 한 통 쓸 줄 몰라 밤이면 소대원들의 고향 부모 형제에게 편지를 대필해 주는 일이 일과 중의 하나였다.

세월이 무상하여 나이가 들다보니 친구들이 하나둘 병들거나 고인이 되어 모임에 나가봐도 또래 친구가 거의 없다. 그러다 보니 젊은이들과 함께하는 모임에 가면 예우 차원에서 고문이라 호칭을 한다. 지난 2021년에 DMZ 생명 생태 관광협회를 창립한다기에 가입을 했다. 2021년 11월 13일 둘째 주 토요일에 첫 대장정 출발을 하는 날이다. 임원명단 고문란에 내 이름이 있어 동명이인이거니 생각하고 물어보지도 않았다. 이날 김포 대명항에서 출정식을 갖고 문수산성 입구까지 걸었다. 매월 둘째 주 토요일에 강원도 고성까지 DMZ를 따라 걸으며 생명 생태 평화운동을 한다는 모임이라 취지가 좋아 힘이 자라는 한 참여하고 싶다. 후일에 알았지만 참여 회원 중에 내가 제일 고령이다. 그 해 7월 7차 대장정이 반구정에서 율곡습지까지였다. 그날 모임에 엄마가 두 딸을 데리고 참가했는데 둘째 아이가 정예다. 그날따라 덥고 햇빛이 쨍쨍해 걷는데 매우 힘들었다. 얼굴은 햇빛에 빨갛게 익고 땀이 한없이 나 몹시 피로했다. 그래도 낙오는 되지 않으려고 죽을힘을 다해 걸었다. 그런데 어린 예서는 씩씩하게 잘 걷는다. 먼저 도착해 쉬고 있는 적벽 정자에 지친 상태로 도착했다. 강 회장이 예서를 불러 내 곁에 앉히더니 "네가 9살이라 했지?" "너보다 이 할아버지가 80살이 많으셔" 모두가 우릴 주목한다. 나이는 숫자에 불과하다 했는데 굳이 나이를 밝히는 걸 보니 예서에게 용기를 북돋아 주려는 것 같았지만 실은 예서보다 내가 더 힘들었다. 나는 그때서야 내가 왜 이 모임의 고문인가를 알았다.

우리가 군대 생활할 때만 해도 엘리트들 왔다고 대접받았건만 나이가 숫자에 불과하다는 말이 다 거짓말이다. 나이는 고문관이 되어가는 과정인 걸 모르고 지금도 권위나 위세만 부리며 사는 늙은이가 아닌가. 귀와 눈은 점점 어두워지고 행동은 둔해져 자연스럽게 고문관이 되어 가는 걸 누굴 원망하며 탓하랴. 나는 젊어서 '건강한 사람' '노력하는 사람' '감사하는 생활'이란 걸 좌우명으로 삼아 살았건만 나이 앞에는 이도 공허한 메아리였다.

이 순 헌

한마디

문득 살아오면서 저질렀던 내 무모함을 생각하니 등골이 섬뜩
했다.
인생이란 내 의지와 상관없이 예상치 못한 나락으로 치달리기도
하지 않는가.

약 력

- 《문학저널》(2006) 등단
- 동아일보 《투병문학》 입상(2002), 《중랑문학》 우수상(2019)
- 한국문인협회 회원, 중랑문인협회 부회장

절반의 성공 외 1편

무슨 자신감으로 다수의 반대를 무릅쓰고 시작했는지 모르겠다. 너무 막연했고 효율적인 판단도 제대로 계산되지 않았었다. 무모했다. 그야말로 맨땅에 헤딩이었다. 그 당시 내 속에서 견딜 수 없이 일어나는 답답증, 공허함 그런 삶에 대한 지독한 회오리, 아마 그 블랙홀에서 빠져나오고 싶었을 거다. 그런 데시벨이 너무 커서 말리는 주위 사람들의 말에 귀를 닫아버렸나 보다. 그러자니 뭔가를 저질러야만 했다.

되짚어보면 나는 살아가는 굽이마다 한 번씩 무모한 짓을 했다. 내 나이 낼모레면 칠십이 닥칠 것이고 남편 나이 팔십을 바라보며 집 지을 생각을 하다니 미친 짓이었다. 더구나 우연히 본 사주에 나는 삼재가 들었고 남편은 아홉수다. 죽을 수에 집을 짓는다는 말이 귓가에 맴돌았다. 뒤통수에 섬찟 비수가 느껴지면서 불안했다.

'생즉사 사즉생, 까짓것 죽기 아니면 까무러치기다'

집 짓는 8개월 동안 나는 내내 몸살을 앓아가며 옛말을 되뇌었다.

살림살이는 이삿짐센터에 보관하고 집 지을 동안 남편과 딸네 집에 있기로 했다. 나는 놀이터에서 딸네 쌍둥이들을 보살피고 프리랜서로 일하는 딸 대신 애들을 유치원 차에 태우거나 하원할 때 받거나 하며 도와주었다.

그러면서 시간 날 때마다 자전거를 타고 건축 현장에 드나들었다. 오가며 공실이 있는 건물을 보면 가슴이 아렸다. 다수의 건물에서 임대 문의 플래카드가 구애하듯 펄럭거렸다.

막상 시작하니 예기치 못했던 문제에 하나둘 직면했다. 1~2층 상가 부분에 사업자등록증을 내야 하는데 일반과 간이사업자 중 택해야 하고 세무관계, 대출 문제, 감리 설정, 부가세 등 따져봐야 할 일들이 줄줄이 있었다. 자주 바뀌는 세무 행정으로 세무사들도 업무를 끊임없이 업그레이드 해야 해서 저마다 일관성이 없고, Y구에 세무서장으로 있는 조카에게 자문해 봐도 참고만 할 뿐 답이 확실하게 나오지 않았다. 직접 집을 지어본 사람 얘기를 들어도 정리가 쉽지 않았다. 건물 외벽도 포천석, 화강석, 노원홍 외 다양했고 색상과 유광, 무광도 결정해야 한다. 견적 낼 때 아쉽게 놓친 부분도 있었다. 애들은 제 분야가 아니니 자기들이 알아본 바로 뒤늦게 건축업자를 못마땅해 했다. 그러면 난 내가 비난받는 것처럼 상처받으며 밤잠을 못 자고 인터넷을 뒤져보기도 하고 중간에 건축업자에게 이의를 제기하며 대적하기도 했다. 그는 내가 주위 말에 흔들리자 저도 힘들다고 화를 냈다. 매일 뒷골이 당겼다. 분당 친구에게 그 동네서 집 짓다 쓰러져 유명을 달리한 안타까운 여자 얘기도 들었다.

"궁극적인 건 돈이다. 남보다 비용이 더 들었다 생각하고 업자를 그냥 믿어라. 그도 제대로 하려 하지 않겠나. 스트레스 받다가 큰일 난다."

오히려 지인의 그 말이 날 가라앉혔다. 내게 구체적인 제시가 없는 '카더라' 통신으로 내가 우왕좌왕할 일이 아니었다. 업자의 양심을 믿을 수밖에. 그렇게 속을 다독이며 나는 도사가 되기로 했다.

그러다가 병이 났다. 장염에 대상포진까지 왔다. 병원에 다녀도 낫질 않고 온몸이 아파서 이러다가 죽을 수도 있겠구나 싶었다. 몸무게가 8키로 이상 빠지고 먹지도 못하니 링거를 맞아가며 버텼다. 거실에 둘러앉아 애들 말에 합류해 내 어리석음만을 지적하며 태평하게 소파에 뒹굴거리는 남편을 보며 미워할 힘도 없어 그냥 부러웠다. 그나마 가끔 동서가 "형님 할 수 있어, 힘내요" 할 때 잠깐씩 숨통이 트이고 그 와중에 쌍둥이와의 잠깐씩 놀이는 내게 단비였다.

건물이 완성되기도 전에 G사에서 우리 1층 가게에 입점하고자 내게 손을 뻗어왔다. 조건도 좋았다. 그걸 알게 된 건축업자는 우리 집에서 좀 떨어진 곳의 자기 건물 1층과 업종이 겹치니 제 세입자를 보호하려 내게 대놓고 압력을 행사했다. G사에선 해결하겠다고 하고 건축업자는 그러면 손을 떼겠다고 했다. 건축 마무리 단계에서 나는 또 패닉 상태에 빠졌다. 그와 이해관계가 생길 줄 미처 몰랐다. 여기까지 와서 업자를 교체하고 분쟁하며 버틸 힘이 없었다. 아쉬움이 컸지만 무기력해진 나는 큰 손해를 감수하고 G사의 입점을 포기해 버렸다.

내가 포기하지 않았으면 그런대로 건축은 성공일 수 있다. 무엇이 중할까? 인생에 총량의 법칙이 있다면 지금 비우는 것도 어떤 의미가 있을 것이다.

어쨌든 부족한 대로 나는 해냈다. 불법 건축 문제, 부가세, 시행착오 등으로 공사비가 남보다 훨씬 많이 들었고 아직도 해결할 문제들이 남았지만 우여곡절 끝에 작은 내 집 5층을 건축했다. 집을 지은 후 기운이 소진되어 거의 일 년을 환자처럼 널브러져 누워 지냈다. 옥탑방에 그토록 로망이던 서재도 만들고, 엘리베이터를 타고 오르내리면서도 기력이 없어 행복하지 않았다. 공실 없이 임차인도 다 들였건만 정리되지 않는 나를 다스리지 못해 비실비실 시달렸다.

그러다 문득 살아오면서 저질렀던 내 무모함을 생각하니 등골이 섬뜩했다. 늦은 나이에 집 지을 마음을 가진 것도 그렇고, 거슬러 가보면 애초 스물셋에 별 의미 없이 결혼한 것부터 아슬아슬한 리스크를 안고 있었다.

살면서 엎치락뒤치락하며 힘든 고비를 지금까지 잘 넘어온 것은 기적일지 모른다. 신이 모자란 나를 도왔다. 가끔 친구와 남편을 디스하며 시간을 보내지만 다르게 생각하면 그를 만난 것이 다행일 수도 있다. 세상에는 피해 갈 수 없는 더 극한 상황이 있기도 하다. 또 인생이란 내 의지와 상관없이 예상치 못한 나락으로 치달리기도 하지 않는가. 남편은 가끔 나이만큼 병치레를 하며 그래도 건강해 제 천수를 다할 것이고 자식들도 제 짝을 만나 저들대로 충실하고 나는 글을 쓰며 취미생활을 즐긴다. 아직도 내 안에 웅크리고 있는 불만족을 마저 버린다면 살면서 분별없이 자행했던 나의 무모함이 더 큰 탈 없이 여기까지 온 것은 이제 차라리 축복이라 믿고 싶다.

그리고 나는 서서히 건강을 회복 중이다.

눈물의 이모티콘

쌍둥이들이 거짓말처럼 남미로 떠난 날은 작년 만우절인 4월 1일이다. 아파트 주차장에서 딸네 가족과 잔뜩 짐을 실은 밴(van) 차가 공항으로 떠나기 직전이다. 항상 곁에 있던 아이들, 오늘 헤어지면 언제 볼지 모른다. 난 차 안으로 몸을 반쯤 디밀고 서서 애들에게 작별 인사를 했다

"가서 엄마 말 잘 듣고 건강하게 지내라~~"

내 말이 끝나기도 전에 갑자기 서준이가 내 손을 덥석 잡으며 소리쳤다.

"할머니, 사랑해요! 할머니 사랑해요!"

그리고 한 손으로는 뚝뚝 떨어지는 눈물을 연신 훔쳤다.

"아이고, 우리 서준이 다 컸네."

나는 놀라서 오히려 웃음이 나왔다. 좀 전까지 무심했던 아이다. 옆에서 큰아이 하준이도 의외인 듯 말했다.

"너는, 나도 안 우는데 네가 왜 눈물을 흘려?"

정작 하준인 며칠 전부터 이별을 준비하며 내게 틈틈이 말했었다.

"할머니, 나는 도착하면 할머니가 그리울 것 같애."

전날에도 "할머니, 오늘이 마지막 밤이네." 하며 나와 안고 헤어짐을 아쉬워했다. 그러나 서준인 태블릿에만 몰두하며 데면데면했었다. 일찍부터 괌, 말레이시아 몽키아라, 시카고 샌프란시스코 등 해외여행을 많이 다녔던 아이들이다. 우리 부부도 아이들과 말레이시아에 '한 달 살기'로 갔었고 괌과 제주에서도 같이 지냈다. 이번엔 3년이라니까 그 기간이 긴 세월인 걸 아는가 보다.

사위가 과테말라 지사장으로 발령이 나자 딸은 예민한 하준이가 안 가겠다고 보챌까 봐 계속 비밀로 했다. 아이들은 이제 막 초등학교 일 년을 보냈다. 그곳에선 국제학교에 다닐 것이다. 정든 친구들과 이별할 시간을 줘야지 않느냐는 내 말에 딸은 반대였다. 갈 날짜가 거의 임박해서야 딸이 작정하고 아이들에게 알아듣도록 얘기했단다.

"엄마, 진작 얘기할 걸 괜히 감췄어. 서준이가, 내 인생에 외국에 나가서 살아보네, 하고 하준이도 금방 받아들이더라고."

하여간 아이들 속은 부모라도 다 알 수가 없다. 그동안 고집부릴까 봐 공연히 애태운 게 무색했다. 영어를 잘하는 엄마와 과테말라의 스페인어까지 하는 아빠와 함께 둥이들의 외국 생활은 그리 갑갑하지는 않을 것이다.

8년 전 한꺼번에 찾아온 둥이들은 축복이었다. 모두가 기다리다 지쳐 마음을 정리하고 있을 때였다. 나의 잦은 눈물바람도 멎었다. 친구는 애들을 바라보는 내 눈에서 꿀이 뚝뚝 떨어진다고 했다. 쌍둥이지만 많은 부분이 서로 다르다. 이란성이라서 골라보는 재미도 있다. 큰애 하준인 기운이 장사인데 섬세하고 낯가림이 심하다. 작은애는 담백하고 용기가 있으나 기운 센 하준일 못 당해서 둘이 자연스럽게 서열이 정해졌다. 나는 매번 눈물 찔찔 짜는 맞은 놈 편을 들어 큰애를 꽉 안고 "너도 한 대 때려 봐." 하며 서준에게 기회를 준다. 그러나 대거리만 하면 큰놈이 더 불같이 달려드니 작은애는 울면서 제 엄마한테 달려가 구원을 청한다. 이제는 제 깜냥으로 아예 덤빌 생각이 없다. 나도 작전을 타이르는 쪽으로 바꿀 수밖에 없었다. 그러다가도 금방 사이가 좋아져서 걱정은 없다. 다정한 제 부모처럼 둘이 여보, 당신 하며 놀 때는 동성 쌍둥인 것이 다행이라 생각한다.

평소 껌딱지 서준이가 제 에미에게 달라붙어 뽀뽀를 퍼부으면 옆에 있던 내가 "할머니도~" 하며 손을 벌렸다. 그럴 때마다 서준인 안으려는 날

밀치고 뒤로 뺀다. 그러면 에미는 "우리 서준인 엄마밖에 몰라." 하며 아이를 더 사랑스럽게 힘껏 끌어안는다. 영리한 녀석이 에미 없을 땐 할머니에게도 넙적 잘 안기는데 에미나 애나 유난스러웠다. 제 딴에 날 잠깐씩 서운케 했던 게 갑자기 마음에 걸렸을까?

밴 차량은 공항으로 떠나버렸다. 남겨진 남편과 나는 우두커니 서 있고, 애들이 사라진 아파트 마당은 텅 비어 허허하다. 그때 손안에서 핸드폰이 부르르 떤다. 카톡이 왔다.

「보고 싶어요, 할머니. ㅠㅠ」

감정을 추스르지 못한 채 방금 떠난 서준이 그새 파란 눈물 홍수의 이모티콘과 함께 문자를 보내왔다. 허전한 가슴이 뭉클해 오며 나도 답장을 보냈다.

「위험한 장난하지 말고, 밥 잘 먹고 건강해져서 만나자.」

이모티콘처럼 눈물을 뿌리며 "할머니 사랑해요"를 외치던 아이 모습이 오락가락해 나도 눈앞이 흐려지면서 가슴으로부터 벅찬 웃음이 자꾸자꾸 삐져 나왔다.

거리에서 우리 쌍둥이만 한 애들이 깔깔 웃으며 서로 밀고 당기며 장난을 친다.

"너희들 몇 살이니?"

멈칫 서서 내가 물었다.

"안 가르쳐줘요!" "백 살예요!" "오만 살예요!"

"에구 이 개구쟁이들아, 울 애기들 같아서 묻는 거야."

"우린 아기가 아니거든요!"

그렇다, 난 아직도 여덟 살 손주들을 애기라고 말하고 있다.

보고 싶다~~. 울 애기들.

정 점 심

한마디

깜깜한 절망 앞에 아프게 쓸려가는 인연의 고리, 고통을 덜어주고
싶지만 내가 할 수 있는 것이 아무것도 없어 마냥 쓰다듬고만 있다.
"잘 가라 무지개다리를 건너 그곳에서는 아프지 말거라. 사랑했다."

약 력

- 《문학저널》(2006) 수필 등단
- 글빛나래동인
- 공저: 『머문자리 꽃비 내리고』『꽃의 비밀』외 다수

무지개다리를 건너 외 1편

꺼져가는 작은 생명 앞에 내 존재는 너무 미약하여 발만 동동 구른다. 10여 년을 함께 동고동락했던 반려견 이름은 옹달샘이다.

가족에게 기쁨을 주고 함께 웃을 수 있는 시간을 주고, 산책하며 거닐던 지난 시간 난 어떻게 보상해 줄 수 있을까.

캄캄한 절망 앞에 아프게 쓸려가는 인연의 고리, 고통을 덜어주고 싶지만 내가 할 수 있는 것이 아무것도 없어 마냥 쓰다듬고만 있다. "잘 가라 무지개다리를 건너 그곳에서는 아프지 말거라. 사랑했다."

키우면서 사랑의 방법이 잘못되었을까 자책한다. 인간의 오류가 얼마나 무지한가. 먹지 않는다고 먹이려고만 애를 썼다. 좀 더 빨리 병원으로 갔으면 생명을 더 연장할 수 있지 않았을까. 나의 어리석음 때문에 아픔을 당하는 것 같아 가슴이 저며온다.

샘은 얼마 전부터 먹지 않고 체중도 줄고 잠만 잤다. 괜찮으려니 미루다가 병원에 갔다. 검사를 하니 신부전증 말기단계라 한다. 때늦은 후회를 하며 입원시켰다. 2kg도 되지 않는 샘은, 버거운 링거를 꽂고 소변 줄도 달고 낯선 병원에서 불안하게 하루를 지냈다. 그 모습을 집에서 영상으로 지켜보며 맘을 졸이고 속이 탔다. 선생님이 면회하자고 하여 늦은 시간에 병원으로 갔다. 선생님은 시간이 많지 않다고 하였다. 마음을 진정한 후 샘을 보러 갔다. 링거 줄이 불편하여 꼬리도 흔들지 못하면서 따라오겠다고 계속 하우링 한다. 안타까워 퇴원을 결정하고 집에 가자 했더니, 품에 쏙 들어와서 마냥 나를 쳐다본다.

집에 오니 편안한 듯 평소보다 얌전하게 내가 벗어놓은 옷에 앉아 냄새를 계속 맡는 듯했다. 약은 억지로 먹였지만, 딸아이 무릎에 앉아 애교도 떨었다. 하룻밤을 지내고 샘은 퇴근하는 아빠를 출입구에서 많이 기다렸다. 옷을 갈아입는 아빠를 졸졸 따라다니며 냄새를 맡고, 식사 후에는 품에 안겨 잠시나마 포근히 잠들기도 했다. 좀 좋아지려나 싶어 마음이 놓였다.

그러나 그것이 주인에 대한 마지막 인사인 줄 알지 못했다.

샘과 인연을 맺게 된 것은 딸이 어학연수 가고 아들이 입대한 후 우울한 시간을 보내고 있을 때였다. 안타까워하던 직원이 강아지를 안고 왔다. 한번 키워보란다. 처음에는 매우 낯설어하고, 나를 외면하며 저만치서 눈치만 보고 있었다. 마르지 않는 사랑의 물을 뿜어내며 살자고 '옹달샘'이라 이름을 지어주었다. 목욕시키고 털도 곱게 자르고 "잘살아 보자, 엄마 해줄게." 했다. 샘은 어느새 품에 안겨 그 큰 두 눈을 깜박거렸다. 윤기 나는 까만 콧잔등, 쌍꺼풀진 눈망울은 나의 마음을 송두리째 빼앗아 갔다. 샘은 적응도 잘했다. 장난감을 물고 와서 손에 놓으며 던지라고 조르고, 공을 가지고 와서 같이 놀자 하고, 퇴근 후 양말을 벗어라 재촉하며 그 양말을 물고 뛰어다니며 좋아했다. 내가 잠이 들면 침대 아래서 조용히 지켜준다. 요리하고 있으면 조그만 발로 내 다리를 살살 끌어대며 달라고 조른다.

아이들이 결혼하여 분가하고 샘과 나는 더 가까이 비비며 살았다. 근래 2년은 코로나 시기로 재택근무를 하며 사람들과 만날 수가 없어서 샘과 더 깊은 우정과 친교를 나누고 산책도 같이 다녔다. 혼자 있는 우울감을 털어버리고 산책 후에는 홀가분하게 평온함과 행복감에 젖곤 했다. 샘도 산책 후에는 내 곁에서 새근새근 소리를 내며 자곤 했다. 지금도 그 숨소리가 들리는 듯싶다.

마지막 예쁜 모습을 떠나보내고 한 줌 재로 품에 안고 돌아온다.

너 없는 301호엔 빈자리가 너무 많다. 아직도 옆에 있는 것만 같은데 불러도 대답이 없다. 텅 빈 집에 홀로 앉아 너의 사진을 본다. 해맑고 빨려들 듯한 너의 눈에서 나는 녹아내린다. 그 두 눈을 보고 싶다. 또 안아 만지고 싶다. 나에게 많은 추억과 기쁨을 주고 홀연히 떠나간 나의 사랑하는 샘.

너는 나에게 너무나 많은 행복을 주었었구나. 어디서 다시 너를 안을 수 있을까? 가슴 저미는 이별의 아픔은 반려견이라고 예외는 아니다. 고통 없는 곳에서 행복해라. 언젠가 이생이 끝나고 다시 만나는 날 잊지 않고 반갑게 달려와 주길.

인연이 된다면 우리 다시 만나자.

아야 *

튀르키예와 시리아에 규모 7.8 지진이 강타한 지 나흘째이다.

꽝음 속에 도미노처럼 무너지는 건물들, 허연 먼지구름, 쩍쩍 갈라지는 도로 수많은 사람이 그 잔해 속에서 구조를 기다리고 있다. 애타게 가족을 부르며 절규하는 뉴스를 볼 때마다 마음을 쓸어내리며 한 사람이라도 더 빨리 구조되기를 두 손을 모았다. 지구상에는 경험해 보지 못한 기이한 일들이 끊임없이 일어나고 있다. 산불, 홍수 대지진에 이어서 또 백두산도 활화산으로 머지않아 터질 거라는 말도 있다. 왜 이리도 힘들고 어려운 일들이 많이 일어나는지….

인류의 슬픔은 지진뿐만이 아니다. 코로나19 팬데믹으로 이제 어두운 터널을 막 지나나 싶었는데.

생존자들의 구조를 돕기 위해 세계 정보통신업계 자원봉사자들이 힘을 합해 '구조 애플리케이션'을 출시했다. 생존자들의 위치를 분석해 구조대와 연결하는 작업을 완성한 것이다. 사망자가 10만 명을 넘을 거라는 예측이 나온다. 골든타임을 놓치지 않고 더 많은 희생자가 나오지 않도록 구원의 손길이 이어진다. 우리나라도 구조대원과 구조견을 급파해서 생명을 구하는데 성과를 올리고 있다. 대기업에서는 중장비와 구조장비 초음파 진단기 그리고 이재민들이 사용할 전자제품 옷가지 등 필요한 물품들을 보내고 있다는 소식을 접하며 안도의 가슴을 쓸어내고 있다.

폐허 속에서 홀로 살아남은 아이가 숨진 어머니의 탯줄이 이어진 채 발견되었다. 태어난 지 3시간쯤 된다고 의사는 말하였다. 병원으로 긴급 후송하여 인큐베이터에서 치료 중이다. 일곱 살 모하메드는 형제들의 시신 옆에 누워있는 채 발견되었다. 살면서 얼마나 많은 트라우마에 시달릴까. 골든타임 72시간이 지났지만, 자신의 오줌을 먹고 생명을 지키는 아이도 있었다. 여섯 살배기 어린이는 동생을 36시간 동안 머리를 다치지 않도록 보호하다 건물 잔해 사이에서 구조되었다. 침대에서 잠든 채 죽어 있는 딸의 손을 잡고 오열하며 자리를 뜨지 못하는 아빠의 모습을 보면서 나는 자식을 키우는 엄마로서 가슴 저미는 아픔을 느낀다.

시간이 지날수록 생존보다 주검이 더 많이 발견되고 있는 현실이다. 구조되어도 추위와 굶주림에 또 2차 질병에 걸려 희망의 빛이 점차 작아지고 있다. 기적이란 신에 의해서 행해졌다고 믿어지는 불가사의한 현상을 말한다. 건물 잔해 아래서 아직도 구조를 기다리는 귀한 생명들을 모든 방법과 기지를 발휘하여 구조했으면 하는 간절한 바람이다.

지하 어느 곳에는 아직도 많은 사람이 희망을 품고 구조를 기다리고 있지 않을까. 속도를 빨리 냈으면 좋겠다.

지진으로 인한 건물 붕괴가 부실 공사로 더 심해졌다고 한다. 그런데 피해 인근지역인 에르진 시에서는 인명피해도 없고 건물도 무너지지 않았다. 지역을 담당하는 외케소 시장은 수많은 비난을 받으면서도 깐깐하게 위반 건축물을 단속하고 허가를 내어 주지 않아서 민원이 많았었다. 그로 인해 인명피해나 재산 피해가 없다고 하니, 맡은 업무를 성실히 수행하는 것이 바로 기적을 이루는 일임을 깨닫게 된다. 매 순간 최선을 다해서 성실히 살아가는 것이 또 다른 기적을 만들었다.

지구촌에서 일어나는 아프고 슬픈 일들에 눈물을 흘리고, 멀리 있는 이웃의 고통과 불행에 함께 괴로워하는 따뜻한 연민의 마음이 모아져 구호물품과 성금이 모이고 있다. 구체적으로 도우려는 의지와 열정이 있으면 더 많은 생명을 구할 수 있을 것이다.

엄마는 죽어가면서 아가를 출산하고, 탯줄로 이어져 살아났다. 이 아가의 이름이 '아야'이다. 아야는 그 나라 말로 '기적'이라는 뜻이다.

골든타임도 지나고 여진으로 계속되는 불안 속에서 건물은 무너지고 있지만 우리의 간절한 바람이 이어져 기적은 계속될 것이다.

* '아야'는 튀르키예 말로 '기적'이라는 뜻이다.

『수필』

김춘선

한마디

미워하는 마음을 품거나
억울하다고 억울하다고
속상해 하면서 세월을 보내기에는
'우리 인생이 너무 짧아'

약력

- 월간 《문학저널》(2007) 등단.
- 《문학저널》 창작문학상(2021)
- 한국문인협회 문인복지위원, 한국수필가협회 회원, 계간문학저널
  부회장, 중랑문인협회 사무국장
- 공저: 『중랑문학』 『인생교과서』 『문학저널』 『문학저널문학인』
  외 다수

헤어질 결심

서서히 기울어 가는 산수유꽃, 섬진강 십리 벚꽃잎처럼 봄은 점차 사라지고, 시나브로 여름이 열리는 중이다. 내 고향의 여름은 그가 좋아했던 배롱나무꽃에서 먼저 온다. 배롱나무꽃 꽃 천지. 딱 100일간 피고 지는 꽃이라 하여 목백일홍(木百日紅) 혹은 자미하(紫薇花) 만당홍(滿堂紅)이라고도 불리는 나무, 짙은 분홍의 찬란하기 그지없는 백일홍꽃 핀 논둑길이면서 꽃 닮은 길. 지난 몇 년 동안 수없이 오고 간 계절이지만 두어 해 전부터 봄의 끝자락이자 여름의 초입쯤인 이 시간이 낯설고 생경하다.

고개를 들어 풋풋한 풀내음을 싣고 불어오는 바람을 향해 조심스레 손을 뻗어 본다. 이른 아침인데도 앞산에서 불어오는 바람결에는 싱그런 여름 향기가 가득 담겨 있다. 이런 날이면 2년 전 삶과 죽음은 결국 하나라며 슬픔을 던져두고 속절없이 떠나버린 그가 그리워진다. 떠나는 날 눈맞춤하거나 온기 있는 손 한번 잡아주지 못했지만, 상식이 통하는 세상을 바라던 삶의 가치가 비슷했기에 마음으로 자랑스러웠다. 그는 나뿐 아니라 많은 사람에게 따뜻한 사람, 부모, 형제, 가족을 사랑했던 사람이다. 동시대에 그와 함께 호흡했었다는 자체로 행복해하던 날들이 많았다.

그가 홀연히 떠나버린 후로 우울감과 무력감, 그리고 좌절감에 내 감정은 이리저리 마구 흔들렸고, 사소한 일에도 화가 치솟았다. 나도 모르게 친정엄마, 올케, 여동생들에게 뾰족한 말을 내지르고는 미안한 마음에 밤새 뒤척였던 나날들이 이어졌다. 하염없이 말을 늘어놓다 보면 절대 해서는 안 될 말을 거르지 못해 결국 화를 자초하는 일들이 다반사였다. 사회생활에서 큰 이슈가 생길 때마다 그는 과연 이 문제를 어떻게 풀라고 했을까 혼자 생각하며 그를 그리워하다 나를 잃어버렸다.

어려운 때일수록 상대방을 생각하고 마음을 헤아려야 진정한 가족이다. 그런 가족이 곁에 있을 때 자주 상대의 눈과 마음을 들여다보아야 상대의 가치를 재발견하게 된다. 귀하고 소중하게 여겨야 할 일이다. 그 처럼 살아가면서 누군가에게 선한 영향력을 주었던 사람으로 기억된다는 것은 행복한 일이다. 어리석은 우리는 선한 상대를 떠나보내고 나서야 귀하게 생각하는 경우가 다반사이다. 무엇보다 사람을 귀하게 여기는 세상을 간절히 바라는 일이다.

그의 3주기가 다가온다. 이런 날이면 내 마음이 아직 젖어 있어서 그런지 바람에도 물기가 묻어나는 것 같다. 쓸쓸함이 쉬 사라지지 않는 것은 그에게 드리웠던 마음이 내 곁에 머물러 있기 때문인 것 같다.

이제는 그와 헤어질 결심을 하고 있다. 기도하며 가슴에 손을 얹고 나를 돌아볼 시간을 자주 갖는다. 올가을에는 친정엄마와 여동생들과 함께 여행을 떠나야겠다. 더 늦기 전에...

한 영 옥

한마디

밖에는 추적추적 겨울비가 내린다.
아직 도시는 곤히 잠에 취한 시간이다.
하루 일을 시작해 소음을 내기엔 이르다.

약 력

- 《에세이스트》(2010) 제34호 등단
- 중랑문인협회 부회장, 일현수필 회원
- 느티나무 동인, 연필소리 동인
- 수필집:『세번째 스무살』(2023)

혼자면 어때 외 1편

핸드폰을 뒤적이다가 공(空)이란 노래를 접하게 되었다. 열 번 듣기로 눌러 익혀둔다.

'살다 보면 알게 돼 일러주지 않아도' 공감 가는 가사가 감성을 건드린다. 그의 맛깔스러운 목소리 노래를 좋아도 하지만 그의 야생성과 자유분방함이 매력 있다. 가사에서 풍기는 분위기, 자유로운 언어의 표출, 표정, 보는 것만으로도 흥미를 이끈다.

어느 날 그 가수의 콘서트가 있다는 소식을 접했다. 올림픽 공원 야외 공연장, 친구와 그곳을 가기로 했다. 시간 맞춰서 약속 장소로 향했다. 시간이 다 되어서 친구한테서 전화가 왔다. 급한 일이 생겨서 못 온다는 얘기다. 돌아서야 하나 망설이다 기왕 내친 길 공연장으로 향했다. 공연 시간은 아직 이르다. 그런데 끝없이 길게 늘어선 줄이 보였다. 생각하지 못했다. 알고 보니 예약해야 공연장을 들어갈 수 있었던 거다. 티켓 있는 사람들의 줄이었다.

또 다른 쪽으로 사람들이 몰려갔다. 티켓이 없는 이들. 나와 같은 사람들이다. 움직이는 사람들 틈으로 합류해 따라갔다. 가 설치된 공연장 둘레를 경계선을 쳐서 들어가지 못하게 해 놨다. 일행을 따르다 보니 어느 언덕으로 오른다. 콘서트장이 보였다. 음악은 잘 들리는데 공연장의 모습은 누군지 알 수 없이 먼 거리 움직임만 보였다. 한참을 그렇게 보고 있는데 슬금슬금 사람들이 하나둘 사라지기 시작했다. 뒤를 따랐다. 뛰기 시작했다. 같이 뛰었다. 질서 단속반과의 줄달음이다. 잡으려는 사람과 달아나는 사람, 넓은 공연장의 울타리를 뚫고 들어갔다. 개구멍 빠져나가듯 단속반의 손이 내 어깨를 스치며 바로 등 뒤에 따르던 한 사람은 옷가지가 그의 손아귀에 잡히고 말았다. 천 미터 달리기에 일등으로 골인에 들어온 짜릿한 기분! 공연장 안은 흥분의 도가니였다. 뛰고 흔들고, 날리고, 말발굽 소리가 멀리서 점점 가까이 와 말이 지나가는 듯한 현장감이 생생했다. 그러다 뱃노래가 흐르니 배를 탄 가수가 관중들의 머리 위로 지나간다. 싱긋거리는 R 가수의 표정 손 닿을 듯 말 듯, 이런 아이디어로 공연을 기획한 사람 누구일까 명품이다. 감칠나는 사람들의 함성이 하늘을 가른다.

배를 움직이는 건 밑쪽에 기둥을 여러 개 세워 장정들이 기둥을 들고 걸어가니 청중들의 머리 위로 지나가며 강물에 배가 흘러가는듯한 형상이다.

홀로 즐겨 본 콘서트장의 낭만, 기분 좋은 곳, 좋은 음악, 세로토닌 왕성하게 생성되며 덤으로 얻은 날, 보너스 같은 날 혼자면 어떠랴! 어떤 상황이든 기회이든 즐기는 자의 몫인 것을.

어리석은 도둑

딸각 소리에 잠을 깼다. 두 시가 넘어 잠들었지만 깊은 잠을 깨우는데 충분한 소리였다.

새벽 네다섯 시쯤 같다. 이른 시간인데 애들이 나간 걸까? 두 딸아이 방을 확인하니 잠들어 있다. 현관문을 잡아당겨 쿵 소리를 내보고 곧 날이 밝을 테니 열어두었다. 거실을 둘러봐도 별다른 이상은 없다. 그런데도 무서운 생각이 엄습해 왔다. 분명 바람이 낸 소리와 다르다는 석연치 않은 예감에 현관 밖 계단 아래로 내려가는 등 스위치를 켰다가 다시 껐다. 역시 조용하다.

밖에는 추적추적 겨울비가 내린다. 아직 도시는 곤히 잠에 취한 시간이다. 하루 일을 시작해 소음을 내기엔 이르다. 자리에 엎드려 날이 밝기를 기다렸다. 오 분이나 채 지났을까 거실 쪽에서 음산하고 싸~한 공기가 방 안에 휘돈다. 규칙적으로 사각사각! 비닐에 스치는 소리 같다. 몸이 조여오는 듯하다. 뭘까? 사위스럽다. 늦게 들어온 남편은 만취해서 세상모르고 잠들었으니 깨워도 무의미하다.

뭔가 확인해야만 하는 상황이다. 쥐나 고양이가 있는 것도 아니다. 점점 두려워진다. 용기를 내야만 한다. 몸을 반쯤 서서히 일으켜 거실에 불을 켜려고 전기 스위치에 손이 닿기 직전, 검은 얼굴이 내 앞에 쑥 나타났다. 으악! 비명을 질렀다. 도둑이다! 순간 크게 소리를 질러 쫓아야 한다는 생각이 번쩍 들었다. 비명소리에 놀란 딸들이 허둥지둥 뛰어나왔다. 도

도둑! 딸애가 뛰어나가는 도둑의 뒤통수를 보았다. 새파랗게 질려있는 엄마를 보고 딸이 신고를 했다. 경찰이 왔다. 도둑의 흔적이나 다친 사람도 잃어버린 물건도 없으니 조사해 보겠다며 문단속 잘하라는 말만 남기고 돌아갔다.

어이없게도 현관문이 열려 있어서 일어난 일이다. 딸깍 소리에 일어나 거실을 살필 때 도둑은 이미 집안에 들어와 숨어 있었던 거다. 그때 문을 잠갔으면 도둑과 마주쳤을 일이다. 아찔한 순간을 모면했다. 새벽 시간에 문을 잠그는 건 당연한데 무슨 생각으로 잠그지 않았을까. 그러지 않은 게 천만다행한 일이다.

그 집은 한 번 들어오면 바깥으로 통하는 문은 오직 현관문뿐이다. 아니면 이층 방에서 아래로 뛰어내리는 수밖에 없다. 서투른 도둑이 아니었나 싶다. 도둑은 도망칠 길부터 알아보고 든다는데.

우리 고전 수필에 아비 도둑과 아들 도둑 이야기가 있다. 아비 도둑이 아들 도둑에게 모든 기술을 다 알려주자 의기양양한 아들은 이제 혼자 해도 자신 있다고 말한다. 하지만 아버지는 아들을 안심할 수 없었다.

"아들아 지혜는 배워서 되는 게 아니다. 터득해 깨달아야 한다."

어느 날 아들을 데리고 부잣집 곳간으로 갔다. 아들을 곳간에 들게 하고 아버지는 밖에서 곳간 문을 잠가버렸다. 일부러 소리를 내서 주인이 듣게 했다. 주인이 나와 도둑이 들었다며 곳간 문을 열자 아들 도둑은 잽싸게 도망쳤다. 다급해진 아들은 뒤쫓아 오는 주인을 따돌리기 위해 커다란 돌을 연못에다 던졌다. 그러자 주인은 도둑이 연못으로 뛰어든 줄 알고 연못을 에워싸고 도둑을 찾기 시작했다. 그 틈에 아들은 안전하게 도망칠 수 있었다. 아버지는 아들에게 말했다.

"이제 너는 독보적인 도둑이 되었다."

우리 집에 들어온 도둑은 어리석은 도둑이었다. 나갈 곳도 확인 안 하고 들어온 도둑이니 말이다.

날이 밝아 현관을 보니 신발 하나도 흐트러지지 않았다. 비가 왔으나 발자국은 여덟 개의 계단 아래 남아 있었다. 그야말로 날아가듯 도망쳤다.

그때를 생각하면 아직 후들거리고 속이 매스꺼워 온다. 몹시 놀란 스트레스라고. 어디선가 괴한이 튀어나올 것 같은 불안감에 혼자 집에 있을 수가 없어서 가족들이 퇴근할 때를 기다렸다가 같이 들어오곤 했다. 그날의 놀란 가슴은 꽤나 오랜 시간 지속되었다. 아파트로 이사할 기일과 맞지 않아 임시로 살았던 집이니 망정이지 내내 살 집에서 일어난 일이었다면 어찌 되었을까.

이 호 재

한마디

편안한 밤을 보내려면, 상쾌한 아침을 맞으려면 일찍 자야 하는데, "좋은 밤 되세요."라는 누군가의 목소리가 들려온다.

약 력

- 《불교문학》(2013) 등단
- 한국방송통신대학교 국어국문학과 졸업, 중앙대학교 예술대학원 시 창작 전문가과정 수료
- 중랑신춘문예 우수상(2007), 중랑문학상 우수상(2018), 아산문학 상 우수상(2020)
- 한국문인협회 회원, 중랑문인협회 부회장
- 한국예술문화단체총연합회 중랑지회 사무국장

누군가 내게 자꾸 하루가 되라는데

"좋은 하루 되세요."

오늘 아침에도 어김없이 이런 문구의 카톡 문자가 온다. 텍스트 문장으로, jpg 파일이나 gif 파일로, 유튜브로 여기저기서 마구마구 보내져 온다. 난 하루가 될 생각이 없고 될 수도 없는데, 좋은 하루가 되란다. 하루살이가 되라는 건지?

SNS 시대이다 보니 어법에 맞지 않는 문장이라도 그럴듯한 말이라고 생각되면 너도나도 마구 유행을 타나 보다. 남들이 유행처럼 쓰는 말이라고 따라서 쓰지 말고 분별력을 가졌으면 좋겠다.

말은 한 번 내뱉으면 주워 담을 수 없지만, 글은 검토의 과정을 거칠 수 있으니 맞춤법에 맞지 않은 글이 세상에 나오지 않도록 신중해야 하겠다. SNS 대화는 신속한 응답이 요구되는 특성이 있다. 그래서 약어가 유행할 수밖에 없으니, ㅋㅋ, ㅎㅎ 같은 말은 이미 대중화되어 용인할 수 있는 기호이고 유익한 표현 수단이 되고 있다. 그러나 젊은 또래끼리 "Oh, my god"를 OMG로, 신용카드를 CC(credit card)로 쓰는 등의 사례가 있다고 하는데, 이런 약어 표현은 따라 쓰기에 무리가 있어 보인다. 일부 계층에서나 쓸 뿐, 사전에 오를 가능성이 희박하고 대중화되기 어려운 말이라 여겨지기 때문이다.

바쁘게 살아가는 사람들에게 스마트폰은 그 바쁨을 가중하고 있다. 카톡 문자를 읽기도 바쁜데 대화에 참여하려면 신속한 자판 타자가 요구될 것이다. 그러나 짧은 메시지의 문장에서도 오자 탈자가 빈번하고, 띄어쓰기도 전혀 하지 않는 줄글마저 심심찮게 보게 되는데, 너나없이 한글맞춤법을 지키려는 노력이 필요하다. 급히 보내려다 보니 그러나보다 하고 이해할 수도 있겠지만, 동일 사례가 반복된다면 곤란한 일이다.

보낸 글을 지우는 사례도 빈번하게 보게 되는데, 동일인이 너무 자주 자신이 보낸 카톡 문자를 지운다면 이 또한 경솔한 처사이겠다. 말은 사라져도 글은 남는다. 내용을 읽기 전에 지워진 글도 흔적은 남는다. 아무리 바빠도 자신이 쓴 글을 다시 한번 읽어보고 보내기 버튼을 누르는 것을 습관화하였으면 좋겠다. 특히 문인이라면 위와 같은 사례들을 범하지 않도록 유의해야 마땅하다. 퇴고의 중요성은 SNS상에서도 가벼이 해서는 안 될 것이다. 오자 탈자는 말할 것도 없고, 어법에 맞지 않는 글을 남발한다면 문인으로서의 자질이 의심받을 수 있기 때문이다.

자신이 보낸 글을 읽고 몇 명에게 전달하면 행운이 오고, 그러지 않으면 불행하게 된다는 '행운의 편지' 부류의 글도 많이 나도는데, 여기저기 공유하지 말고 무시하면 좋겠다.

몇백 년마다 돌아오는 2월의 모든 요일이 네 번씩 있는 내 인생 최고의 행운의 해라나 뭐라나? 823년에 한 번씩 돌아온다나 뭐라나? 몇 년 전부터 이런 글이 빈번히 나도는데, 조금만 생각해보면 택도 없는 엉터리 글이라는 걸 금방 알 수 있는데, 생각 없이 마구 공유하니 참 한심한 일이라는 생각이 든다.

SNS상에는 유익한 글, 멋진 영상이 범람한다. 지인들에게 공유하고 싶은 콘텐츠들이 무궁무진하다. 그러나 여러 번 접했던 콘텐츠를 자꾸 보게 되는 것은 권태로운 일이다. 글을 쓸 때 새로움이 주는 신선함이 생명이

듯이 읽을 때도 새로움이 없으면 식상할 가능성이 크다. 남에게 콘텐츠를 공유할 때 취사선택에 신중해야 하는 이유이다. 몇 번 보았지만, 세월이 지나면 볼 때마다 새롭게 느껴지는 콘텐츠도 많이 있으니 다행이긴 하다.

세종대왕께서 배우기 쉽고 쓰기 쉬운 인류 최고의 문자를 만들어 반포하셨는데, 그에 대한 감사와 보답은 한글을 바르게 쓰고 바르게 유통해 그 가치를 훼손하지 않는 것이리라.

문학을 전공하지 않은 메신저의 글은 맞춤법에 어긋나도 그러려니 하겠지만, 문인들의 글은 일반인들에게 모범을 보여야 마땅하리라 본다. 흔히 쓰는 말이라도 어휘 적용이 잘못되지 않았는지 사전을 찾아보고 재고하는 습관이 필요하겠다. 그래서 글을 쓸 때마다 수없이 사전을 찾아 재확인하고 맞춤법에 어긋나지 않는지 검토를 거듭하게 되니 글 쓰는 속도가 지지부진하다. 훈련되지 않고 숙달되지 않았는지, 글 쓰는 일이 참 녹록하지 않다.

밤은 깊어가는데, 내일 일을 생각하니 빨리 글을 마무리하고 잠자리에 들고 싶은 마음이 자꾸 뇌리를 스친다. 편안한 밤을 보내려면, 상쾌한 아침을 맞으려면 일찍 자야 하는데, "좋은 밤 되세요."라는 누군가의 목소리가 들려온다.

박 영 재

한마디

귀한 떡이 이렇게 푸대접을 받는 줄도 모르고 그 먼 길을 머리에 이고 오면서도 엄마는 또 얼마나 뿌듯하고 행복해하셨을까.

약 력

- 《문학세계》(2014) 수필, 《국보문학》(2015) 시 등단
- 참좋은 문학회, 스토리문학회 회원

떡

아직도 따끈따끈한 부활절 떡을 성당에서 받아 왔다. 내가 좋아하는 서리태가 듬성듬성 들어간 떡이다. 이 떡은 각종 모임에서 행사를 하거나 어디를 갈 때도 종종 얻어먹는 떡이다. 한 끼 식사로도 충분하지만 무엇보다 떡방앗간에서 인원수에 맞게 잘라서 따로따로 포장을 해주기 때문에 여럿이 나누어 먹을 때 특히 좋다.

배고팠던 시절엔 떡이 최고의 음식이었다. 가을 추수가 끝나고 나면 집집마다 고사떡을 해서 나누어 먹었다. 할머니 심부름으로 장독대, 곡식광, 외양간, 대청마루에 떡 접시를 날랐는데 그때는 왜 그러는지조차 관심이 없었다. 나중에 생각해 보니 할머니는 가족들이 한 해 동안 무탈하게 지낸 것이 집안 곳곳에 있는 신들이 보살펴준 덕이라고 생각을 하셨던 것 같다. 아무것도 없이 달랑 떡 접시 하나였는데도 항상 거르지 않고 지극 정성으로 하셨다. 이웃집까지 퍼다 먹었던 우물 두레박엔 등잔불을 켜서 내려보냈는데 그 이유는 아직도 모르겠다.

떡은 종류도 많고 그 행사나 쓰임새에 따라 모양과 맛도 다르다. 삼촌은 인절미, 동생은 송편을 좋아했다. 그리고 할머니는 초봄에 처음 나오는 쑥으로 밀가루나 쌀가루에 찌는 쑥버무리를 좋아하셨다. 또 어머니는 아이들 생일날에 수수 팥단지를 해주면 잔병치레도 하지 않고 잘 큰다며 꼭꼭 챙기셨다.

떡만 생각하면 어린 시절 추억이 참 많다. 떡 접시를 들고 가면 어른들은 오늘이 무슨 날이구나! 하고 금방 알아차렸다. 냉장고가 없던 시절 떡을 소쿠리에 담아 광 시렁에 올려놓았다가 먹곤 했는데 종종 화투꾼들에게 도둑맞을 때도 있었다. 떡서리, 닭서리, 밥서리, 이름만 붙이면 무엇이든 가능한 이 서리꾼들은 동네에서 무법자였다. 자기 집닭도 훔쳐내는 도둑이었으니 말해 무엇하랴.

엄마는 요즘 말로 자식 사랑엔 누구에게도 뒤지지 않는 분이셨다. 할머니가 아무짝에도 소용없는 딸년에게 유난을 떤다며 적당히 하라고 시집살이를 시키셨지만 묵묵히 시위라도 하듯 딸을 도회지로 보내 간호 보조 학원에 입학을 시켰다. 그리곤 마치 간호보조원이 의사나 되는 것처럼 좋아하시며 뿌듯해하셨다. 지금은 간호조무사로 이름이 바뀌었지만 그 때는 간호보조원으로 불렸다. 개인병원에 취직이 되자 고향 아픈 사람들을 병원으로 하나씩 하나씩 물어오기도 하셨다. 흰 가운을 입은 당신 자식이 어머니에겐 최고로 보였을 것이다. 그러니 그 병원 주인이야말로 얼마나 높게 보였을까. 어쩌다 집에 가면 어머니는 힘들게 농사지은 것을 병원 사모님에게 갖다주라며 바리바리 싸주셨다. 부족한 당신 자식을 받아줘서 고맙고 앞으로도 잘 봐달라는 뜻이 담겨 있었을 것이다.

빈부의 차이란 체험해 보지 않고는 결코 가늠조차 할 수 없다. 1970년대 내가 근무하던 병원 식구들은 느끼한 것이 싫어서 벌써 그 시대에 김치 볶음을 즐겨 먹고 있었다. 그래서 아이러니하게도 주방 아주머니가 해놓는 갈비찜이나 불고기들은 직원들 차지일 때가 많았다. 시골에서만 자라 온 내게 그곳 생활은 충격으로 다가올 만큼 내가 자라 온 환경과 다르게 너무나 대조적인 것이 많았다. 처음으로 빈부 차이에 대해 생각하게 되었고, 삶이란 것에 대해 회의가 느껴지기도 했다. 주로 농사지어 자급자족하는 생활이다 보니 특별한 날에만 먹을 수 있었던 고기가 여기에선 그냥 일상의 반찬이었다.

그러던 어느 날 어머니가 떡보따리를 머리에 이고 병원에 오셨다. 좋은 쌀로 넉넉히 했으니 맛있게 드시라는 말만 남기고 가셨다. 10리 길을 걸어오셔서 겨우 차를 탔을 텐데 하룻밤 쉬고 가시라 붙잡지도 못했다. 10리도 넘는 산길을 혼자 걸어가셨을 어머니를 생각하면 지금도 마음이 아프고 눈물이 난다. 그런데 그날 식사 시간에 떡은 끝까지 상에 오르지 않았다. 직원들조차도 "떡은 왜 안 주지?"하면서 수군거렸지만, 그 말을 먼저 꺼내는 사람은 없었다. 그런데 퇴근하시는 주방 아주머니가 어머니가 이고 온 떡보따리를 들고 가는 것이 아닌가? 아줌마도 민망했던지 묻지도 않았는데

"미스 박 사모님이 안 드신다고 다 가져가래." 하는 것이었다. 순간 이것이 무슨 말인가 싶고 얼굴이 화끈거렸다. 떡을 가져온 어머니가 원망스럽고 한없이 초라하게 느껴졌다. 어머니는 당신에게 언제나 최고의 음식이었던 이 떡을 내 딸과 함께 지내는 병원 식구들에게 대접하고 싶었을 것이다.

할머니가 고사떡을 할 때마다 왜 집안 곳곳에 제일 먼저 정성스럽게 받쳤는지 몰랐고 알려고도 하지 않았었다. 귀한 떡이 이렇게 푸대접을 받는 줄도 모르고 그 먼 길을 머리에 이고 오면서도 엄마는 또 얼마나 뿌듯하고 행복해하셨을까. 내가 가족을 위한 간절한 사랑으로 바쳐진 할머니의 마음을 몰랐듯이 그 사람들도 우리 어머니가 머리에 이고 온 그 떡이 어떻게 만들어지고 어떤 마음으로 들고 오셨는지 몰랐을 것이라 믿고 싶다.

비록 엄마의 사랑을 따라가지 못하지만 엄마가 떡을 준비하던 때가 되면 나도 떡을 한다. 남편과 아이들이 먹지도 않는 떡을 조금만 하라고 야단이지만 그 떡은 엄마의 떡이 그랬듯이 그들이 생각하는 떡이 내가 생각하는 떡과 다르다는 것을 이제야 조금씩 알아간다. 할머니의 간절함과 어머니의 간절함을 감히 짐작이나 할 수 있을까.

나는 더 이상 그 병원에 머물고 싶지 않았다.

이 동 석

한마디

텃세하는 사람, 돌밭에서 돌 골라내기, 고라니 막아내기를 이겨내고 나니 이번엔 새하고 싸워야 했다. 과일나무가 커지니 새가 과일들을 가만 놔두지 않는다. 새와의 싸움은 내가 지기로 했다.

약 력

- 《한국수필》(2016) 등단
- 중랑문학상 우수상(2021)
- 한국수필가협회 회원, 참좋은문학회 회장
- 수필집: 『따뜻한 밥 한 그릇』

꿈은 움직인다 외 1편

우크라이나 전쟁이 일 년 동안 지속되고 있다. 러시아의 푸틴과 전쟁을 부추긴 측근 때문에 군인은 물론이고 민간인과 어린이 사상자가 셀 수 없을 정도가 되었다. 침략 국가인 러시아 군인도 수많은 죽음과 부상에 내몰리고 있다. 심지어 징집을 피하려고 다른 나라로 탈출하고 있다.

초등학교 5학년 때 이성계의 역성혁명에 대해 배우게 되었다. 나는 전주 이씨 후손이라 더 몰입하게 되었다. 후일 나도 군인이 되어서 혁명을 일으켜 대통령이 되겠다고 생각했다. 박정희 대통령의 영향도 컸던 것 같다.

나는 꿈을 실현하기 위해 산길을 혼자 걸으며 누구와 이 일을 도모할 것인지를 일 년 이상 생각했다. 내 고향이 전방이라 미군들이 여름과 겨울에 기동 훈련하는 모습을 볼 수 있었기에 관심 있게 관찰했다. 헬기가 대포와 탱크를 매달아 개울가에 집결시키고 군대가 이동하는 모습과 무기들의 종류 등을 그려가며 익혔다.

월남전이 한창일 때라 환경미화 부장인 나는 전쟁 만화를 교실 뒤편에 연재하기도 했다. 내 생각을 모르는 아이들은 재미있다고 호응했다. 선생님도 만화를 잘 그린다고 칭찬하셨다. 신이 난 나는 실제의 전투 모습을 보기 위해서 미군 대대 병력이 공포탄과 섬광 수류탄을 사용하며 훈련하는 곳으로 들어갔다가 폭발 소리와 총탄의 불꽃과 섬광으로 한참을 엎드려 공포에 떨기도 했다. 친구들과 탄피를 주워서 엿 바꾸어 먹으려는 생각도 있었지만, 그때 혼쭐이 났다. 공포탄의 위력이 근거리에서는 생명도 위험하다는 것을 나중에 알았다.

육군사관학교에 가기 위해 태권도도 열심히 해서 중학교 2학년 초에 승단했다. 고등학교 형들과 방과 후에 훈련과 자유 대련도 했다. 많이 맞기도 했지만, 단련이 되었다. 고등학교 태권부가 중학교와 통합해서 관리했으니 늘 실전을 하는 것과 같았다.

고등학교 진학 무렵에 아버지께서 군인이 되지 않았으면 좋겠다고 하셨다. 마흔여섯, 늦은 나이에 얻은 아들이기도 했지만 일제 징용과 6.25 전쟁을 겪으신 아버지는 전쟁의 참혹함을 알고 계셨기에 자식이 그 전쟁에 휘말리는 것이 두려우셨을 것이다. 또 그 당시에는 내가 서울로 진학할 돈도 없었다. 다행히 둘째 누님 덕분으로 서울에 있는 실업계 고등학교에 진학하게 되었다. 그래도 미련이 남아 교련 시간에 중대장이 되었고 M1 소총 분해하는 시합에서는 다른 사람을 능가하였다. 서울시에서 주관하는 간부 수련회에 뽑혀서 훈련도 받았다. 그 당시 선생님은 모두 장교 출신이었고 나는 그분들을 존경의 눈길로 바라보았다.

그러나 고등학교에서 3년 동안 여러 선생님의 가르침을 배우고 친구들과 대화를 나누다 보니 효자 콤플렉스가 있는 나는 취직을 해서 집안을 일으켜야겠다는 생각으로 바뀌게 되었다. 결국 대기업 건설회사에 다니면서 집안을 일으켰으니 내 꿈은 이뤄진 셈이다.

히틀러, 김일성, 푸틴 등등 몇몇 그릇된 판단으로 얼마나 많은 사람이 희생당하고 가족과 생이별했는지 생각해 보면 끔찍하다. 내가 이란, 이라크 전쟁 중에 파견된 이란 현장에서 이라크의 폭격으로 생긴 사상자와 부상자들을 처리하면서 생긴 트라우마로 몇 년간 고생했다. 창문을 닫을 때 들리는 '쿵!' 하는 소리도 폭격 소리처럼 들려서 심한 공포를 느끼기도 했고 이란에서 피 흘리고 죽어가던 동료들이 생각나서 견딜 수 없는 삶의 허무와 두려움으로 괴로워했다.

전쟁에서 사상자를 직접 보지 못하면, 텔레비전에서 보는 전쟁 뉴스나 게임으로 생각할 수 있다. 그 실태를 보고 그들 속에 내 가족이 있다고 생각하면 모든 것이 바뀐다. 나의 꿈이 바뀌었듯 초등학교 2학년이 된 손자의 꿈도 수시로 바뀐다. 소방사에서 작가였다가 지금은 컴퓨터 프로그래머로 바뀌고 있다. 아무쪼록 전쟁에 휘말리지 않고 손자의 꿈이 자유와 평화 안에서 자유롭게 움직일 수 있는 세상이 되길 간절히 소망한다.

나나랜드의 꿈과 현실

　자기가 꿈꾸는 전원생활을 소개하는 '나나랜드' 프로그램을 즐겨 본다.
이런 방송의 모태라고 할 수 있는 '나는 자연인이다'에서는 사업이 망했
거나, 누군가에게 배신당해 사람이 싫어서, 혹은 몸이 아파서 등 힘든 사
연으로 세상과 등진 모습이 많았다. 다행히 프로그램의 종반부로 갈수록
출연자의 모습이 밝아지고 혼자서도 열심히 사는 모습이 좋아 즐겨 보곤
했다.

　요즘에는 고향이나 자기들이 오랜 시간 찾아서 결정한 곳으로 가서 적
응하는 부부가 많다. 그들 나름대로 손수 집을 지어 가며 동네 분들과 융
화하려는 모습이 밝고 행복해 보인다.

　많은 사람이 노후에 전원생활을 하며 지내는 꿈을 꾼다. 하지만 노후
자금을 대부분 투자해서 하는 전원생활은 그리 녹록하지 않다. 배우자와
진지한 의논 없이 시작했다가 혼자 생활하는 사람들도 여럿 봤다.

　지자체에서 운영하는 제주도, 여수, 지리산 등에서 '한 달 살기'라는 프
로그램도 있다. 옹기종기 모여 있는 여러 채의 집에서 한두 명씩 나눠 기
거하며 함께 농사를 경험하기도 한다. 동네 사람들과 교류하며 이사를 해
도 괜찮은지, 농사를 감당해 낼 수 있는지 등을 경험하면서 머물 수 있다
고 한다. 지자체에서 운영하는 프로그램은 참가비도 적다고 한다. 지방은
인구가 줄어서 면(面)끼리 합치는 경우도 있고 학생이 없어서 폐교되는 경

우도 허다하니 방송에서는 더욱 이런 프로그램을 만드는 게 아닌가 싶다.

내가 전원생활을 한 지도 20여 년이 되었다. 처음 몇 년은 이런저런 이유로 텃세하는 사람들 때문에 힘들었다. 밭은 돌밭이라 4년 정도는 눈만 뜨면 돌을 골라내야 했다. 그러던 밭이 어느 정도 모양을 갖추니 이번에는 고라니로부터 고구마, 상추, 콩을 지키느라 고생했다. 봄에는 상추, 가을에는 배추를 심고 사방에 초록색 그물망을 치는 것도 큰일이지만, 그것이 끝이 아니다. 맥주 깡통에 돌을 넣어 망의 이곳저곳에 매달아야 했다. 고라니는 소리에 민감하니까 그물망 근처에 왔다가도 이상한 소리가 들리면 접근하지 못할 거라는 나의 예상은 빗나가지 않았다.

텃세하는 사람, 돌밭에서 돌 골라내기, 고라니 막아내기를 이겨내고 나니 이번엔 새하고 싸워야 했다. 과일나무가 커지니 새가 과일들을 가만 놔두지 않는다. 새와의 싸움은 내가 지기로 했다. 공기총으로 쏘면 될 것 같은데 살생을 하는 것이 편치 않고, 그물을 치면 새를 막을 수는 있는데 비용이 만만치 않다. 게다가 직장 다니며 주말을 이용해서 혼자서 넓은 밭과 집을 관리하려니 나이가 들수록 점점 힘이 들어서 새가 먹고 남은 것만 먹기로 했다.

집 청소와 책 정리하느라 밭에는 나오지 않는 아내 말대로 사 먹는 것이 훨씬 싼데 사서 고생한다. 아직도 구절초와 쑥을 구별하지 못하는 아내의 말이 백 번 맞다는 건 알지만, 토마토, 자두, 대추, 들깨, 파, 배추, 가지, 호박 등이 자라는 모습을 보면 우리 손자들 크는 모습을 보는 것 같아서 그만둘 수 없다. 과일이나 채소뿐 아니라 집 주변에 자라는 꽃나무들이 계절마다 피우는 꽃들의 향연도 충분한 보상이 된다.

'사회나 타인의 시선에 얽매이지 않고 자신만의 기준에 따라 살아가는 주체적인 세계'를 나나랜드라고 한다.

　이런 세계를 꿈꾸는 분이 있다면 현재 거처에서 차로 한 시간 이내에 1~2년 전세로 살아보기를 권한다. 땅과 집을 산 후에 마음이 바뀌면 쉽게 팔 수도 없다. 한번 살아보고 텃밭도 가꾸어 보면서 농사에 취미가 있는지, 풀과의 전쟁 준비는 되었는지를 수도 없이 물어본 후에 나나랜드를 꿈꿔야 할 것 같다. 동네 사람들과 소통은 어떠할지, 전기나 주방 및 화장실 등 간단한 배관 상태를 수리하는 곳은 있는지, 비상시에 병원까지의 이동은 어떠한지를 살아보며 점검해보는 것이 좋겠다. 지인들이 방문 시에 접근성도 중요하다.

　공기 맑은 곳에서 명랑한 새들의 노래를 듣는 아침은 행복하다. 하지만 나나랜드에 입성하기 전 충분히 의논해서 의견 일치한 배우자와의 화음보다 아름답고 행복한 것이 있을까. '나나랜드'에 출연하는 부부들의 환한 미소를 볼 때마다 부부의 화합이야말로 꿈과 현실의 간격을 가장 좁혀주는 지름길이라는 걸 깨닫곤 한다.

『수필』

오 서 진

한마디

내 기억 속에서 그녀는 계속 공회전을 한다.
여전히 과거가 아닌 현재형이다.
꿈속에서는 다음으로 미뤄 놓은 미래의 시간을 함께 살기도 한다.
시간의 경계가 없는 꿈속이 좋다.

약 력

- 《문학세계》(2010) 시 등단, 《한국수필》(2020) 수필 등단
- 한국문인협회, 참좋은문학회 회원
- 동인지:『수필에 블렌딩하다』,『잠시 쉬어가도 괜찮아』등

다음은 없었다 외 1편

외로움이 만나자고 했다. 바쁘다는 핑계를 대고 다음에 만나자며 거절했다. 여느 때와 달리 한 번 더 애원했지만, 신경 쓰지 않았다. 며칠 뒤 그녀로부터 거절이 반사되었다. 더이상 약속할 수 없는 곳으로 그녀가 영영 가버렸다. 뒤늦게 전화를 걸어 보았지만 그곳엔 메마른 기계음만이 열심히 수신 거절을 하고 있었다. '지금은 통화할 수 없으니 다음에 다시 걸어 주십시오.' 우리에게 다음은 없었다.

허겁지겁 달려간 곳에 그녀가 벗어 놓은 육체가 차갑게 식어가고 있었다. 귀가 제일 늦게 닫힌다는 말이 생각나 미안하다는 말과 가지 말라는 말을 반복해 불어넣었다. 이미 결정을 끝낸 듯 그녀의 눈과 입은 어금니를 깨문 채 굳게 닫혀 있었다. 단호하고도 완벽한 거절이었다. 설명할 수 없는 감정들이 부풀어 오르는데, 슬픔을 대신할 수 있는 말이 세상에 없었다. 후회되는 일들은 왜 모든 것이 소용없어지는 순간이 되어야만 선명해지는 걸까. 잘못한 일들로 죄인이 되고, 자진해 감옥 속으로 수감되었다. 그 후 낯선 통증이 찾아왔다. '벼락성 두통', 충격으로 인한 것이라고 했다. 통증은 눈물, 슬픔과 반응해 생각하는 것만으로도 고통이 시작되었다. 한 번 시작된 통증은 정신을 잃어야만 끝이 났다. 이별의 슬픔보다 고통이 두려워 감정을 절제하며 조문객을 맞았다.

급작스럽게 생을 마친 그녀의 장례식에 많은 사람이 찾아왔다. 그들은 흰 국화로 조문을 하고, 차려진 밥상에 둘러앉아 고인과 얽힌 사연을 풀어 놓으며 밥을 먹었다. 슬퍼도 밥은 넘어갔다. 부고함에 담기는 하얀 봉투에 유독 고된 삶의 손길들이 보였다. 옥수수를 팔던 노점상 할머니, 굽은 허리로 폐지를 줍던 할아버지, 헌옷 가게 아주머니. 그녀가 평소 살피던 가난하고 허름한 그들의 눈물에는 슬픔보다 서러움이 더 많아 보였다. 그들은 조문을 끝내고도 쉽게 자리를 뜨지 못하고 자꾸 뒷걸음질을 쳤다. 사람을 좋아하는 그녀는 나흘 동안 찾아온 많은 사람을 만났고, 그녀의 기다림과 외로움은 그렇게 채워졌다.

나는 '운명'이라고 위로하는 사람의 손을 잡으며 내 탓을 벗어나려 애썼고, 병든 몸은 거추장스러운 겉옷 같아서 늘 벗고 싶어진다는, 몸이 아픈 사람의 위로에 기대어 죽음을 안식 쪽에 밀어놓았다. 조금 덜 아팠고 역류했던 감정들도 서서히 가라앉았다. 파킨슨병에 휩싸여 손발이 흔들리고, 몸에 든 병의 습기로 힘들어하던 그녀 모습이 떠올라 슬픔도 덜어졌다. 영정 사진 속 그녀도 삶의 불편한 무게들을 내려놓은 듯 가볍고 편안해 보였다.

강하고 솔직한 그녀의 성향은 나의 예민함과 자주 부딪혔다. 모난 돌이 부딪혀 깨어진다고, 내 안의 예민함은 그녀의 강하고 직선적인 말들을 적당히 받아넘기지 못했다. 적나라하게 드러나는 감정으로 서로의 마음을 베었고, 상처보다 오래 남는 말의 흔적을 남겼다. 밀어낸 만큼 금을 긋고, 물리적 거리보다 더 멀게 정서적 거리를 두며 살았다. 그녀가 떠나기 며칠 전에도 가족 모임을 위한 의논을 하다, 의견 차이로 부딪혔다. 아무것도 아닌 일에 그녀는 화를 주체하지 못해 노발대발하며 전화를 끊어버렸다. 다시 전화를 해보았지만 받지 않았다. '내가 잘못했고, 지혜롭지 못해 미안해요'로 시작하는 긴 문장의 사과 문자를 보냈다. 답은 없었지만 가라앉은 게 느껴졌다. 그렇다고 그녀와 늘 다툼만 있었던 건 아니다. 주말이면 함께 들판에 나가 나물을 뜯고, 이 산 저 산 둘레길을 걸으며 운동을 하고, 분위기 좋은 카페에 앉아 차를 마셨다. 성향은 달라도 서로를 아끼는 마음은 유별났다. 좋은 곳, 맛있는 걸 먹을 때면 제일 먼저 생각나는 것도 그녀였다. 받는 것보다 챙겨주는 것이 편한 자매였다. 힘들고 약한 사람들을 거두는 건 유전인 듯싶게 닮았다. 나서지 않아도 될 어려운 사람을 돕다 사건에 휩싸이고, 오지랖 소리를 들었지만 후회하지 않았다. '정 많고 손이 크다'라는 말을 듣고 살았던 만큼 여기저기서 나타나는 그녀의 흔적들이 몸살을 앓게 한다.

입관하기 전 평소 좋아했던 물건과 옷을 챙겨 오라고 했다. 멋쟁이 소리를 듣던 그녀였지만 제대로 된 옷 한 벌이 없었다. 대부분 중고 옷 가게에서 산 옷들이거나, 라벨이 없는 것이 더 많았다. 언젠가 운동하고 돌아오는 길에 옷 가게에 들러 마음먹고 좋은 옷 한 벌을 사준 적이 있었다. 그런데 다음날 옷 가게에 가서 현금으로 바꾸었다고 했다. 그 값이면 다른 옷 몇 벌을 더 살 수 있다는 이유였다. 그 후로 다시 옷을 선물하지 않았다. 남에게는 후하면서도 자신에게 인색했던 그녀. 비타민C 한 알, 천마 한 봉지, 원피스 한 벌, 70년 동안의 삶에서 들고 갈 수 있는 최대한의 것이 너무도 소박해 눈물이 났다.

'언니, 다음 주에 산에 가자.'라고 보내놓은 문자 앞에 붙은 숫자 1이 사라지지 않는다. 너무 늦게 보낸 약속 문자는 열어보지도 못한 채 잠겨 버렸다. 되돌릴 수 없는 일은 아픔이나 상처까지도 그리움이 되게 한다. 다시는 갖지 못할 그녀와의 일상에 다 열어 보이지 못한 마음이 '다음'이라는 빈 껍질을 쓴 채 둥둥 떠다닌다.

나무의 MBTI

'봄의 혈액형은 B형'이라고 어느 시인이 말했다.

나를 닮은 벚꽃이 피어난다/ 꽃잎 속에는 B형의 피가 흐른다

위 시구(詩句)에 밑줄을 그으며 고개를 끄덕였다. 그때부터 봄은 나와 같은 혈액형을 가진 계절이 되었다. 요즘은 혈액형 대신 MBTI를 물어본다. 피 한 방울을 추출해 검사하는 혈액형보다, 좀 더 구체적인 생활패턴, 사고방식 등을 분석하여 나온 새로운 성격유형이다. 만약 나무의 MBTI를 검사할 수 있다면 INFP일 것이라고 조심스럽게 추정해 본다. '이해력과 포용력이 뛰어난 친절한 이타주의자' 이것은 순전히 나의 개인적인 생각이다.

봄의 햇살에는 녹색 DNA가 흐르는 게 분명하다. 언제, 어디에서, 무엇과 결합하든 푸르고 싱싱하게 바꿔놓는다. 봄에는 모든 생명체의 입에서 풀냄새가 난다. 4월이 풀빛과 꽃냄새로 흥건하다. 봄햇살이 내게도 닿는 걸까. 광합성 작용이라도 일어나는지 몸과 마음이 부풀고 들뜬다. 가만히 앉아 책을 읽을 수가 없어서 시도 때도 없이 일어나 공원이나 둘레길을 걷는다.

근처 학교와 아파트 사이에 있던 두꺼운 콘크리트 벽이 사라졌다. 그

자리에 제법 키가 큰 사철나무 울타리가 생겼다. 보던 중 반가운 변화다. 경계를 나무로 바꾸니 풍경이 다르다. 시야가 넓어지고, 그동안 보지 못했던 학교 안 풍경들이 속속들이 들어온다. 푸른 잔디가 깔린 운동장이며, 학교 주변을 따라 꽃을 피운 각종 나무, 무엇보다 반가운 건 아이들이 뛰어노는 모습을 고스란히 볼 수 있다는 것이다. 담장 하나 바꿨을 뿐인데, 보이는 풍경의 맛이 다르다. 나무의 품은 역시 투명하다. 그 넓은 속을 다 드러내보인다.

벽, 담장, 울타리는 경계를 가르는 비슷한 역할을 하면서도 대하는 느낌이 사뭇 다르다. 쓰이는 소재가 벽돌, 돌, 나무로 각각 다르니 당연할 것이다. 벽과 담장이 차단이 목적이라면, 울타리는 나무들이 어깨를 엮어 유연하게 방어하는 느낌이다. 그렇다고 벽과 담장의 차단력이 강하고, 울타리의 방어력이 약하다고 볼 수는 없다. 때로는 부드러운 것이 더 강할 때도 있으니까. 비유하자면 벽과 담장이 명령형이라면, 울타리는 청유형에 가깝다.

한때 공공기관이나 대학교를 중심으로 담장을 허물고 대신 울타리를 만드는 운동이 활발하게 일어났다. 담장이 사라진 자리에 수백 그루의 나무가 들어서니 풍경이 달라졌다. 대학 캠퍼스가 일반인에게도 공개되면서 주변 사람들의 삶의 질도 높아졌다.

캠퍼스가 아름다운 대학교를 찾아다니며 탐방했던 때가 있었다. 학교마다 특징이 있어 순위를 매길 수는 없었지만, 사람들이 추천하는 좋은 캠퍼스의 공통점은 오래된 나무와 자연적인 조경이 잘 어우러진 곳이었다. 내게 가장 인상 깊었던 곳은 단연코 성균관대학교 서울 캠퍼스였다. 그곳 명륜당에는 400년이 넘은 은행나무가 있다. 이 나무는 이양하 작가의 수필 『나무의 위의』에 등장하는 나무이다. 그 나무는 혼(魂)이 깃들어 있는 듯 신령스럽고, 숭고하기까지 하다. 해마다 가을이면 그 은행나무를 보기 위해 명륜당을 찾기도 한다.

사방이 꽃이고 푸르니 걷기에 참 좋은 날씨다. 세 정거장 되는 거리를 아침저녁으로 걸어서 출·퇴근을 한다. 봄의 도로에는 볼거리가 아주 많다. 오래된 플라타너스가 우거진 길을 걷다 보면 도로가 아닌 숲속을 걷는 느낌이다. 나무들이 모두 같은 미용실을 다니는 듯 단발머리를 하고 있어 쿡쿡 웃음이 나왔다. 신호등 주변 자투리땅에는 봄꽃과 어린나무들이 불려 나와 미니정원을 만들고 있다. 사람들은 가던 길을 멈추고 사진을 찍고, 꽃 이름을 자세히 살펴보기도 한다.

식목일이 다가오는 모양이다. 각종 묘목이 화원 앞에 장사진을 이루고 있다. 공휴일에서 식목일이 제외되면서 사람들의 기억 속에서 점점 잊히고 있다. 그날이 어떤 날이고, 무엇을 하는 날인지조차 모르는 아이들이 많아 안타깝다.

해마다 대형 산불과 개발로 인해 큰 숲이 하나씩 사라지는데, 사라지는 나무에 비해 심고 가꾸는 나무 수는 현저히 부족한 것 같다.

나무는 지구의 숨이다. 나무를 잃으면 숨을 잃는 것과 같다.

박 효 숙

한마디

삼십여 년 간의 직장 생활을 끝낸 후
아침에 여유 있게 눈을 뜨는 것부터 좋았다.
모든 것이 새로 태어나는 듯했다.

약력

• 《한국수필》(2020) 등단
• 한국수필가협회 회원, 참좋은문학회 회원, 오화수 회원

진달래와 줄장미 외 1편

한낮에 사람이 그렇게 많을 줄 몰랐다. 버스나 전철 안, 한 집 건너로 있는 카페에도 앉을 자리가 없었다. 그 가운데 나도 있다는 게 어색했다.

삼십여 년간의 직장 생활을 끝낸 후 아침에 여유 있게 눈을 뜨는 것부터 좋았다. 모든 것이 새로 태어나는 듯했다. 거리에 나가보니 나만 새로운 거다. 남들은 어제와 다름없이 지내는 것 같았다. 특히 한창 일할 시간에 사무실이 아닌 곳에 있는 사람들이 너무나 낯설었다. 퇴직한 친구들도 대낮 곳곳에 사람이 많다는 게 한동안 적응이 되지 않았다고 한다.

비슷한 시기에 직장을 그만둔 친구와 가까운 산에 다녔다. 주말이 아닌 주중 한낮에 등산한다는 것이 내게는 익숙하지 않은 일이었다. 이제야 평범하게 그 나이에 어울리는 삶을 사는 것 같아 늦었지만 다행이라고 생각했다. 그리고 감사했다. 다른 사람에게도 권하고 싶었다. 이 시간 열심히 일할 친구에게 진달래꽃을 배경 삼아 사진을 찍어 보냈다. '두 다리 성할 때 같이 실컷 놀자'고. 그 꽃은 나처럼 아무 구속 없이 핀 야생화처럼 보였다. 아마 여러 번 그 짓을 했나 보다. 어느 날 친구로부터 메시지가 왔다. 지금은 서로 상황이 다르니 어울리기 어렵다고. 높은 건물 안에서 환자를 간호하던 그녀는 아마 야생화인 진달래를 동경한 담장 안 줄장미였나 보다.

진작부터 하지 못한 것이 아쉽지만 이제라도 하게 되어 좋은 의미로 보낸 사진과 말이 그녀에게는 상처로 남았던 모양이다. 곪았다가 터진 장문의 글이었다. 하루아침에 친구가 떠나는 방법이 예상보다 쉬웠다. 너무나 믿었던 친구라서 배신감이 커 2~3년간 연락을 하지 않았다.

어느 날부터 나도 재취업을 고민 중이었고, 역지사지라는 말이 자꾸 생각났다. 이후 한 친구의 중재로 어색한 모습으로 그녀와 커피를 마셨고, 이따금 생사 확인 정도 하고 지냈다.

그 후 상황이 바뀌어 산에 다닌 친구와 나는 다시 직장에 다닌다. 여러 해 놀았으니 직장 그늘이 은근히 그리웠고 무엇보다 수입이 줄어드니 아쉽기도 했다. 능력 있던 여성들도 결혼 후 어느 정도 육아가 끝난 후 재취업을 하려면 경단녀(경력 단절 여자)라고 이전 경력이나 전공과는 상관없는 곳에 입사한다. 그나마도 힘들고 어렵게 취업을 해도 허드렛일이 많다고 한다. 하지만 다행히 나는 전공을 살려 아르바이트라도 할 수 있는 곳이 있어 고마웠다.

이제 세월이 흘러 그만두라고 내가 꼬드겼던 친구는 올해 1월부터 본격적으로 쉰다. 한 직장에서만 정년을 맞는 친구가 자랑스럽다. 더구나 매달 두둑한 연금까지 확보해 놓았으니. 그러나 양지가 음지 된다고 얼마간 잘 놀았던 우리는 양 무릎이 아파도 지금까지 생업에 종사하고 있다.

퇴임 축하를 위해 모처럼 만나기로 한 날, 내 꾐에 넘어오지 않고 꿋꿋하게 잘 버텨준 친구를 위해 그녀를 닮은 장미꽃을 준비하련다. 이제부터 너도 야생화처럼 살 수 있다고 넌지시 알려줘야겠다. 그리고 부럽다고 힘주어 말할 거다.

단골집이 바뀐 이유

앉아서 열심히 먹는데 주인은 등 뒤로 부딪혀 지나가는 사람에게 손짓한다. "여기로 와요, 이 언니들 다 먹어가요." 먹는 속도가 느린 나는 안절부절못한다. 입 안에 있던 음식이 갈팡질팡 번지수를 못 찾는다. 아직 먹을 게 많이 남았는데 내 자리에 앉히려는 것은 아니겠지. 숟가락질할 때는 촘촘히 앉은 옆 사람과도 부딪힌다. 밥 먹을 때는 개도 안 건드린다던데 여기서는 통하지 않는다. 목뒤로 숨소리가 가까이 들리는 것을 보니 뒤에 서 있던 사람이 내 어깨 너머로 남은 음식의 양을 헤아리나 보다. 고봉 찰밥, 칼국수 한 대접, 서너 젓가락의 냉면, 된장국. 네 가지가 한꺼번에 차려지는 난전 골목식당이다.

뒷사람 눈치 보랴, 손님 잡는 주인 눈치 보랴, 입과 눈이 바쁘다. 입으로 들어가는지 코로 들어가는지 모른다. 끝에 앉으면 옆 가게 주인 눈치도 봐야 한다. '똑같은 맛인데 왜 거기서만 먹냐?'며 먹는 사람 듣도록 내내 불평을 해댄다. 내 돈 내고 내가 먹는데 가시방석이다.

세 자매가 운영하는 그 집은 유독 손님이 많다. 건물 사이, 좁은 골목길에 비닐을 젖히고 들어가면 좌우로 음식점이 일렬로 있다. 가운데에는 마주 보고 있는 식당의 등받이 없는 둥근 플라스틱 의자가 두 줄로 있다. 입구에서부터 호객행위가 시작되나 꿋꿋하게 가운데 있는 그 집을 향해 직진한다. 요새는 일부러 식사 시간은 피해 간다. 때를 지나 허기진 한가한 시간에 가면 쫓길 필요 없이 먹을 수 있다. 또 계산이 끝나면 마치 잔칫집

봉송 싸서 주듯 누룽지가 섞인 찰밥을 한 주먹 비닐봉지에 담아 준다. 집에 와서 배 꺼진 후 먹는 식은 찰밥은 맛이 또 다르다. 어쩌다 가면 옆집까지 야금야금 평수를 넓혔다. 가게의 길이가 길어지고 직원까지 있어 이제는 넷이 손님을 반긴다.

연례행사로 겨울 동해안에 갔다. 도치를 사려고 하는데 철이 지났는지 많지 않다. 회 센터의 한 가게에서 암도치를 산다고 하자 수놈만 있다며 앞집을 소개한다. 두 마리 사면서 회도 뜬다고 하니 회는 다시 앞 가게로 가란다. 도치 소개해 줬는데 회까지 팔 수는 없다고 한다.

소한이 갓 지난 밖은 한겨울 바닷바람이 불지만, 실내는 입춘이 지난 듯 봄바람이다. 나의 번거로움은 얼마든지 감수할 수 있다. 내가 알던 어느 풍경과는 판이하다. 서로 나란히 혹은 마주 보는 이웃들의 마음 씀씀이가 이렇게 다를 수 있다는 것을 알았다.

늦은 점심은 시골 동네에 있는 막국수 집으로 갔다. 텃밭에는 미처 뽑지 않은 고춧대가 즐비하게 서 있다. 이 음식점의 고춧가루 원산지를 말 없이 알려주는 광고물이다. 익히 먹었던 면발과는 식감이 다른 것을 보니 주문받자마자 면발을 뽑는다는 말이 맞는 것 같다. 맛도 내 입에 꼭 맞는다. 이제라도 이 식당을 알게 되어 다행이다. 구석진 곳에는 투박한 실내와 어울릴 지푸라기 색깔의 에어컨 귀퉁이에 고리가 있다. 필요한 사람은 사용하라는 글귀와 함께 까만 머리 끈이 여러 개 걸려있다. 머리가 긴 손님이 면을 먹을 때 불편할까 봐서 해 놓은 모양이다.

사람은 사소한 것에 마음이 움직이고 감동한다. 오늘부터 단골집이 바뀌었다. 다리가 불편한 도치 가게 사장님, 도통 음식점이라고는 없을 듯한 외진 농촌 마을에서 온몸으로 햇빛을 받는 허름한 막국수집.

앞으로 동해안 여행 중 메뉴 선택 고민이 줄었다. 올겨울 여행 계획을
또 세워본다.

『수필』

최 종 찬

한마디

부부가 결혼 생활에서 나타날 수 있는 여러 가지 문제점을 극복하고 행복하게 살아갈 수 있는 가장 좋은 방법은 무엇일까? 나는 진실한 '친구' 관계, 그것이 좋은 대안이라 생각한다.

약 력

- 《중랑문학》 수필부문 신인상(2018)

부부학개론(夫婦學槪論)·1 외 1편

우리나라에는 촌수(寸數) 제도가 있다. 촌수는 어떤 친척이 나와 어떤 거리에 있는지를 명확하게 알려주는 척도이다. 세계에서 유례를 찾아볼 수 없는 편리한 친족제도이다. 부모자녀 간은 1촌, 형제자매 간은 2촌, 나와 부모의 형제자매 간은 3촌, 나와 부모의 형제자매의 자녀 간은 4촌. 이런 식이다. 촌수의 숫자가 작을수록 피를 나눈 정도는 강해지고, 항상 그런 것은 아니지만 일반적으로 더 가까운 사이라고 말할 수 있다.

무촌(無寸), 부부의 촌수이다. 무(無)를 숫자로 표현하면 0이다. 0이라. 부부 사이를 숫자로 이렇게 더 정확하게 표현해낼 수 있을까? 부부는 전혀 피를 나누지 않았으므로 0이다. 또 0은 1이나 2보다 작은 숫자이니 부모자녀, 형제자매보다 더 가까운 사이이다. 따라서 부부 사이의 촌수는 피붙이가 아니면서도 가장 가까운 관계에 있는 사람이 바로 부부임을 알려준다. 그런데 부부의 촌수는 이런 단순한 사실만 알려주는 것은 아니다. 0이라는 숫자 속에 그 비밀이 숨겨져 있다.

고대 이집트에서는 기원전 3300년 이전부터 수에 대한 기호 체계가 있었다고 한다. 수는 사람들이 일상생활에서 오랫동안 사용해왔던 중요한 생활 도구였다. 그러나 숫자 0의 등장은 그리 오래전의 일이 아니다. 6세기 말이 되어서야 숫자로 인정받기에 이른다. 한참이나 늦게 등장하였지만 0은 대단한 존재였다.

먼저 0의 중요성은 자리지기로서의 역할을 수행하면서 나타난다. 예컨대, 21, 201, 210이라는 숫자에서 0의 존재에 따라 표현하는 값이 서로 다르다. 0이라는 숫자를 쓰지 않았을 때는 빈칸을 두고 표기했는데 이게 어느 정도의 빈칸을 두어야 하는지 정확하지 않다. 그러나 0이 들어감으로써 표현 값을 정확히 나타낼 수 있다. 정보를 정확히 전달할 수 있으니 무척 편리하다. 또한 1000000, 10000000 등과 같이 높은 값의 수치를 표현할 때도 좋다. 그냥 0을 하나씩 더함으로써 그 값을 나타낼 수 있으니 말이다. 이처럼 숫자 0은 수의 세계에서 중요한 역할을 수행한다.

부부도 그렇다. 부부도 서로에게 0과 같은 존재이다. 수의 역사에서 0이 출현이 어떤 값을 표현하는데 획기적인 편리함을 가져다주었듯이 배우자와의 만남은 나의 삶에 큰 편리함과 영향을 주게 된다. 나의 부족함을 채워주고, 나 혼자 살아간다면 결코 가질 수 없는 삶의 기쁨을 제공한다. 배우자와의 만남으로 내 삶의 방향이 크게 바뀌기도 한다. 좋은 쪽으로든 나쁜 쪽으로든. 그러한 점에서 충분한 데이트로 상대방을 잘 알아보고 결정하는 지혜도 필요하다.

고대 그리스 수학자들은 0, 즉 아무것도 없음을 숫자로 인정하지 않았다고 한다. '아무것도 없다'는 것이 '무언가'가 된다는 것을 받아들일 수 없었기 때문이다. '아무것도 없다'를 무언가로 표현할 필요 없이 아무것도 없으면 '없다'라고 표현하면 되었다. 그러던 중 아라비아 숫자가 인도로 건너오면서 0은 숫자로 인정받게 되었다. 한 인도의 수학자가 2 − 2 = 0의 산술식에서와 같이 '0은 같은 두 수를 뺄셈하면 얻어지는 수'

라고 정의하면서 0을 실존하는 숫자라고 주장을 했다.

숫자로서 0은 다른 숫자와는 달리 특별한 성질을 지니고 있다. 어떤 수에 0을 더하거나 빼면 그냥 어떤 수가 나오지만, 어떤 수에 0을 곱하면 어떤 수라 할지라도 다 0이 나온다. 그렇다. 0은 엄청난 힘을 가지고 있는 숫자이다. 상대방에게 자기 자신의 존재를 전혀 드러내지 않을 수도 있고, 반대로 상대방을 온통 자기 자신으로 만들어버리는 능력을 갖고 있다.

부부생활은 서로 다른 환경에서 자란 두 사람이 만나 새로운 한 몸을 만들어가는 과정이다. 그 과정에서 서로 자신의 특성을 유지하고자 날카로운 신경전을 벌이기도 한다. 서로 자신의 수가 최고라고 주장한다. 충분한 대화와 적당한 타협으로 매끄러운 굴림돌을 만들어나가면 다행이지만, 부딪히고 깨지고 상처투성이로 응어리진 마음을 간직한 채 살아가는 경우도 많다.

부부는 촌수 0의 지혜를 가져야 한다. 때로는 더하기나 빼기로 자신의 수를 고집하지 않고 상대 수를 존중해 주어야 한다. 또 어떤 때는 곱하기로 상대를 자신의 수로 만들어 나가야 할 때도 있을 것이다. 항시 더하기나 빼기로 살아가는 것은 현명하지 못하다. 그렇다고 곱하기로 자주 자신의 주장만을 고집하는 것은 더더욱 아니다. 더하기 빼기와 곱하기가 적절하게 조화를 이루어야 한다.

우리는 격동하는 변화의 시대를 살아가고 있다. 인공지능이나 정보통신기술의 발달이 그러한 변화를 주도하고 있다. 이러한 디지털 사회에서 사용되는 디지털 언어는 0과 1이다. 디지털 세계에서는 0과 1로 모든 것을 표현해낸다. 이진법 사회이다. 그러고 보니 오늘날 사회의 친족제도도 0촌과 1촌 중심의 사회로 변화되어가고 있다는 느낌이다. 확대가족에서 핵가족으로 빠르게 변화하고 있고, 자녀들도 성인이 되면서 곧바로 분가하는 추세가 확산되고 있으니 말이다. 오늘날, 0촌 사이인 부부 관계의 중요성이 그만큼 더 커졌다고 할 수 있다.

이웃사촌이라는 말이 있다. 가까이 지내는 이웃이 피를 나눈 친족보다 더 나을 수 있다는 말이다. 부부의 촌수는 사촌보다 훨씬 더 가까운 무촌(無寸), 즉 0촌이지만 우리 사회의 부부들이 그만큼 가깝게 지내고 있는지 여부는 천차만별이라 생각한다. 건강한 사회는 건강한 가정에 기반을 둔다. 그리고 건강한 가정은 원만한 부부 관계 위에서 세워진다.

우리 사회가 건강하기를 소망하며 부부의 촌수(寸數)의 의미를 다시 한 번 생각해 본다.

부부학개론(夫婦學槪論)·2

"두부, 화초, 진입로, 밥, 이들의 공통점이 무엇인지 아시나요? 그것들은 부부 사이를 비유할 수 있는 좋은 소재입니다." 어느 모임에 가서 지인으로부터 들은 이야기이다. 지인의 설명을 듣고나니 저절로 고개가 끄덕여졌다. 간단히 설명하면 이렇다.

부부 사이는 '두부'와 같다. 두부는 영양가가 풍부하여 내 몸에 좋은 식품이지만 조심해서 다루지 않으면 부서질 수가 있다.

부부 사이는 '화초'와 같다. 상대방에게 애정과 관심을 얼마나 주느냐에 따라서 아름다울 수도 있고 그렇지 않을 수도 있다.

부부 사이는 '진입로'와 같다. 진입로에서는 양보가 필요하듯 상대를 위해 늘 배려하는 마음이 있어야 한다.

부부 사이는 '밥'과 같다. 하루 세끼 밥을 꼬박꼬박 먹어도 다음날 또 배고픈 것처럼 사랑도 꾸준히 먹어야 살아갈 수 있다.

아내와 난 결혼 전에 7개월 정도의 데이트 기간이 있었다. 그 7개월 동안 우리는 정말 문자 그대로 한 번도 싸우지 않았다. 큰소리치는 것은 물론이고 갈등 자체가 없었다. 누가 어떤 제안을 하면 그냥 오케이였다. 만나는 게 즐겁고 헤어지는 게 아쉬웠다. 양가 부모와의 인사가 끝난 이후에는 주로 아내의 집으로 가서 만났다. 난 그때 뛰어갔다. 걸어가기에는 아까운 시간이었다.

결혼 초, 퇴근하면서 빵을 사 왔는데, 그날 아내의 손에도 빵이 들려 있었다. 언젠가는 참외를 사 왔는데 아내도 참외를 들고 집에 들어왔다. 마트에서 본 참외가 유난히 예뻐 그냥 지나칠 수 없었노라며. 나와 아내는 서로를 마주 보며 아무리 봐도 우리는 천생연분인가보다 하며 박장대소했다. 당시 매주 월요일이면 퇴근 후 정기적으로 아내와 함께 대화하고 활동하는 시간을 가졌다. 영화를 보거나 외식을 하는 시간도 있었지만 그때 아내와 함께 자주 간 곳은 신혼살림을 꾸린 청파동에서 가까운 효창공원이었다. 그곳에서 함께 담소하며, 운동을 좋아하는 아내와 둘이 미니축구를 하며 한없는 행복감에 젖었었다.

결혼 전후에 나타난 천생연분의 수많은 징조에도 불구하고 결혼 생활은 꿈의 세계를 벗어나 점차 현실로 다가오기 시작했다. 장밋빛 사랑과 행복의 시간 속에서 마찰과 갈등의 기포가 하나둘 수면 위로 올라왔다. 처음에는 본가 집안 문제로, 아이들이 좀 컸을 때는 육아 문제 등으로 이런저런 의견 충돌이 잦아졌다.

부부의 연을 맺게 하는 근본적 요인은 '사랑'이다. 사랑으로 부부가 맺어졌고, 사랑으로 부부는 하나가 된다. 문제는 그런 사랑이 영원히 지속되는 게 아니라는 점이다. 결코 변치 않으리라 생각했던 사랑이 어느 순간 '귀찮음, 짜증, 화, 분노' 등과 같은 부정적 에너지로 대체되어 버린다.

사랑하고 사랑받는 사람과 행복하고 즐거운 시간을 보내기도 하지만 예상치 못한 소소한 상처가 하나둘 쌓여가면서 불편한 시간들이 서서히 늘어난다. 가까워질수록 더 편해져야 하고, 가까워질수록 더 사랑해야 하는데 현실은 그렇지 않았다.

오래전에 한 지인과 부부 문제에 대해 이야기하다가 배우자를 대할 때는 '손님'처럼 대해야겠다는 말을 들은 적이 있다. 남편이나 아내를 손님처럼…… 좋은 방법일 수 있다. 허물이 없는 사이라 하여 부부가 쉽게 말을 하다 서로 상처를 받으니 오히려 손님처럼 대하여 그런 위험성을 피해보자는 자조 섞인 말이었다. 정말 우리는 배우자를 손님처럼 대해야 하는 건 아닐까? 가정의 평화를 위해서 말이다. 그러나 다시 생각하면 부부가 서로를 손님처럼 대한다면 그걸 부부라 말할 수 있을까? 의구심이 든다. 격식을 갖추고 잘 포장된 행동과 미소만을 주고받는다고 해서 부부 문제가 해결되고 가정의 진정한 행복과 평안이 유지될 수 없기 때문이다. 진퇴양난이다.

부부가 결혼 생활에서 나타날 수 있는 여러 가지 문제점을 극복하고 행복하게 살아갈 수 있는 가장 좋은 방법은 무엇일까? 나는 진실한 '친구' 관계, 그것이 좋은 대안이라 생각한다. '친구', 참 정감 넘치는 단어이다. 어렸을 적, 또는 학창시절 친하게 놀던 친구들을 생각하면 마음이 따뜻해진다. 수십 년이 지난 후에 오랜만에 만나도 그렇게 반가울 수가 없다. 이야기꽃으로 서로 헤어지기가 아쉽다. 진정한 친구 사이였다면 서로 함부로 대하지도 않는다. 어느 정도의 예의를 갖추기 때문이다. 그런 친구는 기쁠 때 함께 웃어주고 슬플 때 서로 위로해 준다. 혹시 나의 잘못을 보았을 때 이를 비난하고 야단치기보다는 감싸주고 격려해 주면서 내가 바로 설 수 있도록 조언해준다. 그렇다. 부부도 어느 정도의 예의를 유지하면서 '친구'가 되어야 한다. 백 년을 함께 할 친구!

　나에겐 일생에 둘도 없는 친한 친구 한 명이 있다. 고등학생 시절의 친구이다. 젊은 시절 같이 보낸 시간이 많았고 여행도 자주 다녔다. 그 친구는 항상 나의 좋은 점을 이야기하고 나를 칭찬해 주었고 배려해 주었다. 그랬기 때문에 우리의 우정이 지금까지 이어져오고 있는 것이다. 부부도 그래야 한다. 앞에 소개한 두부, 화초, 진입로, 밥이 전하고자 하는 이야기도 바로 그것이다. 사랑하고, 배려하고, 칭찬하고 존중하는 노력, 그것이 진실한 친구 사이를 만들고, 행복한 부부 사이를 만드는 비결임을……. 아내와의 그간의 시간을 돌아보며, 아내에게 더욱 좋은 친구가 되어야겠다고 다짐해 본다.

문 상 희

한마디

나눔과 베풂으로
어둠 속에서 살아가는 이웃도 보살피고
홀로 살아가는 어르신들과 작은 나눔으로
명절이 따뜻한 온정으로 가득했으면...

약 력

- 《한행문학》 행시 등단, 《아시아 문예》 시 등단, 《문학광장》 수필 등단
- 저서: 『백화 열정의 붓을 들다』, 『노을에 기대어 서서』
- 고운글 문학회 회장(전), 계간 고운글문예지 발행인(현), 도서출판 고운글문예 대표(현)

그때는 그랬었지! 외 1편

 정말로 그때는 그랬었다!
 설 전날 잠자면 눈썹이 하얗게 된다고 하였고, 섣달그믐날 뜨는 달은 눈썹달이라 부르기도 했었다.

 부모님 살아계실 제 필자의 집은 종갓집이었다. 설 전날이면 사랑방엔 집안 어른들 다 모였었고 한쪽은 장기판에 또 한쪽은 육백 화투놀이에... 설은 내일인데 벌써 명절 기분이었으니... 정지간에는 주안상 내오느라 정신없이 바빴고, 곳간에 담가놓은 커다란 막걸리 단지 바닥 긁는 바가지 소리가 났었다.
 작은방엔 사촌에 오촌까지 대식구가 옹기종기 모여 앉아 이야기꽃 피웠으며, 나이 어린 동생들은 벌써 구석지에서 코를 골았고 읍내에서 사는 사촌 형은 도심 자랑에 열중이었다. 그렇게 노닥거리다 잠이 들었고 호통 소리에 놀라 일어나면 설날 아침이었다.

 어른들은 화투놀이 삼매경이었지만 어린 우리들은 설날 십 원짜리 지폐 세뱃돈에, 과연 무슨 선물을 받을까 궁금증에 잠도 못 이룬다.
 일 년에 두 번 돌아오는 설, 추석 명절 선물로 받아 드는 검정 고무신 운 좋으면 밋밋한 운동화도 고학년 형들 것이고 설날 운동복 한 벌은 최고급 선물이었으니. 오죽하면 꼬까옷 꼬까신이라 했을까.

1970년대 춥고 배고픈 시절, 삼시세끼 때꺼리가 걱정이었으니 선물이라는 게 있을 리가 만무하다.

생일 선물? 받아본 역사가 없다.

산골에서 케이크이라는 것이 무엇인지도 몰랐으니 그저 굶지 않고 배부르면 그만이요, 겉옷에 심지어 내복까지 대물림했으니 말이다.

참으로 두메산골 촌놈이었으니 어쩔까... 933m 백화산 아래 살던 집은 500 고지요, 학교 운동장도 300 고지다.

시오리 길 등교하면 바짓가랑이는 이슬에 젖고, 고무신엔 물이 가득해 양말을 짜면 물이 뚝뚝 떨어지고 2교시 끝나면 배가 등짝에 붙었으니.. 허허 참.

점심 도시락은 엄두도 못 내고 학교 옥수수죽 배식이 최고급 특식이었으니 혹시나 배식이 남으면 더 먹을 수 있을까 해서 후다닥 먹어치우고 다시 줄을 선 적도 있었지.

지금 와서 생각하니 아련한 추억에 젖어 피식, 웃음이 절로 나온다.

이런 이야기를 새삼스레 왜 할까? 나름 이유가 다 있는 것이다.

세상은 변하고 변해 디지털 시대이다. 먹거리는 넘쳐나고 무엇이든 못 사는 게 없으니 시대적 변화로 현금도 필요가 없다.

카드 하나면 모든 것이 만사 OK, 그것도 불편하다고 폰에 카드를 내장해서 쓰고 폰으로 현장에서 계좌이체로 결제하는 세상이다.

어려운 시절을 겪어서인지 필자는 오래된 옷도 버리지를 못한다. 행여나 필요할 때가 있으려니 하면서 말이다.

나이 들어 낙향하면 요긴하게 입을 텐데 하고, 이런저런 생각에...

요즘 시대에 자식을 키우다 보니 그렇다. 아이들 신발도 외투도 여러 벌이 있다 보니 해지고 바래서 못 입고 못 신는 게 아니라 그저 싫증나면 내다버리기 일쑤다. 그러다 보니 의류 재활용 통은 항상 가득하다.

우리 세대가 살던 시대와는 너무도 천양지차다.

먹거리도 입을 옷도 흔하디흔한 시대... 넘쳐나는 쓰레기로 인한 지구촌 몸살이라 포만감에 젖어 사는 현시점에서 보면 참으로 안타까운 심정이다.

아무리 시대가 변했다지만 명절이면 해외여행 비행기표가 매진이라니... 쯔쯔쯔... 제발 제발, 낭비가 심한 것은 아닌지 되돌아볼 시점이요.

개구리 올챙이 시절 생각도 해보고 아끼고 절약하고 때로는 재활용도 하고 그래도 남는다면 작은 기부도 좋은 것 아닐까 한다.

나눔과 베풂으로 어둠 속에서 살아가는 이웃도 보살피고 홀로 살아가는 어르신들과 작은 나눔으로 명절이 따뜻한 온정으로 가득했으면... 다 함께 웃음소리 가득한 가정이 되었으면... 보잘것없는 이 글 나부랭이가 행복한 삶의 촉진제가 되었으면 하는 바람이다.

추억으로 가는 여행

— 꽁지머리

세상사 바쁜 세월에 어찌어찌 살다 보니 황혼길에 접어들었고 일 갑자 나이가 넘어서야 염색약과 이별을 했다. 서릿발 내린 반백의 머리카락을 감춰본들 뭐 할까? 이미 가버린 청춘 무슨 미련이 있겠냐만... 그래도 제 멋에 사는 게 인생이라 딴에는 꾸민다고 살았지만 부질없는 것을 느꼈으니 말이다.

깔끔한 것을 좋아하는 성격이라 이발하고 20일만 지나면 지저분하게 느껴져 짧게 머리를 깎았고 그 번거로운 염색을 매번 내 손으로 직접 했으니 갈수록 눈도 침침해지고 자주 이발하는 것도 힘겨웠다.

그래그래, 세월을 거스를 수 없으니 이발도 염색도 포기할까 하는 와중에 가까운 지인께서 꽁지머리 하면 멋있을 것 같다는 조언에 결심을 한 것이다.
그래 시간도 돈도 절약할 겸 죽는 날까지 자라는 그대로 살아보자 생각한 것이다.

사실은 오래전부터 꽁지머리에 도전을 하고 싶은 마음이 있었으나 엄두가 나지 않았다. 홀아비라 누가 관섭할 사람도 없었지만 깔끔한 관리도 문제요. 아직은 할아버지로 보이는 게 더 싫었던 것이고 또한, 아직은 멋쟁이 중년으로 살고 싶은 것이 그 이유라면 이유다.

애들이 셋이나 있지만 아직 결혼을 하지 않아 할아버지는 아니라고 무언의 항변을 하고 있다만, 그렇다, 세월을 거슬러 산다한들 흘러간 청춘이 돌아올까 허허 참...

이발과 염색을 멈추고나니 예상한 대로 우후죽순 올라오듯 지저분한 은발 반 검정 머리 반반이다. 보기가 싫어 한동안 중절모를 뒤집어쓰고 다녔다.

그런데 생각과 달리 즐겨 입는 생활한복과 잘 어울리는 것이다. 보는 이마다 멋있다, 잘 어울린다, 등등... 빈말인지는 몰라도 칭찬 일색이니 고래도 칭찬에는 춤춘다 하지 않는가~!!

세상사 천태만상이라니 제각기 각양각색이요 얼굴이야 비슷하게 닮았다지만 의복과 머리 모양에서 확연하게 구분이 되는 것이다.
갓 쓰고 족두리 쓰던 시절이야 구별이 없었지만 세월이 개성시대라 나름 멋쟁이로 살아가는 것이다.

오십여 년 전 미풍 단속 장발 단속이라는 것을 하던 시대가 있었다. 미니스커트가 유행을 하자 미풍양속 단속법이 생겨 무릎에서 15cm 이상이면 벌금을 물어야 했다.
도심에서 남자 경찰관이 여자 몸에 자를 들이대고 단속을 했으니... 지금 같으면 아마 성추행으로 또한 국가인권위원회에 제소감이 아니었을까 한다.

필자도 20대에 장발로 기른 적이 있었다. 그 시대의 유행이었으니...

어느 휴일 날 친구와 자전거 하이킹을 나섰다가 뚝섬 근처에서 장발 단속에 걸렸다. 경찰관이 즉결 재판을 받을 거냐 아니면 이발 기계로 머리를 밀 것이냐 선택하라 하여 결국은 머리를 고속도로처럼 밀어서 한동안 모자를 쓰고 다녀야 했던 그런 시절도 있었다.

세월이 가고 시대가 바뀌어 많은 인파 속에 꽁지머리를 한 사람이 가끔은 있다만, 그러나 가꾸지 않은 사람을 보면 추해 보이기도 하고 깔끔하게 정돈된 머리는 멋있게까지 보이는 것이다.

그래, 기왕 마음먹었으니 좀 더 멋있게 길러보자~!! 그러나 나름 멋내기도 타인의 눈에 거슬리지 않도록 해야 하지 않을까 생각하며, 미풍양속을 해치지 않는 범위 내에서 늘그막에 되도록이면 추하게 보이지 않도록 아름다운 노년의 모습을 지켜가고자 한다.

『콩트』

서 석 용

한마디

세상에 열림을 보여주는 피사체는 많다.
널려 있다.
하지만 꽉 억눌려 있다가 살포시 열리는 대상은 찾기가 만만하지
않다.

약 력

- 중랑신춘문예 소설 입상(2020)

디자인

(하나)

사진작가인 김영이 서둘러 전철 승강장으로 내려섰다. 그때 문이 잠기고 전철이 스르르 떠나기 시작했다. 그는 하릴없이 승강장을 걷다가 잠시 자리에 앉고 싶어 벤치를 찾았다. 빈 벤치가 있어 막 앉으려는데 벤치 위에서 휴대전화기가 울었다. 아무 생각 없이 그것을 집어 통화를 여니까 어떤 여인의 목소리가 울려 나왔다.

"여보세요. 지금 들고 계신 전화기가 제 것인데요. 제가 실수로 거기에 두고 전철을 탔습니다. 혹시 괜찮으시다면 잠시 거기서 저를 기다려주실 수 있을까요?"

"그러시죠. 시간이 얼마나 걸릴까요?"

"거기서 두 정거장 더 왔으니까, 오래 걸리지 않을 겁니다."

"그럼 천천히 오십시오. 기다려드리지요."

김 작가는 멍청하게 시간을 보내고 있었다. 사람들이 차츰 모여드는 꼴로 보아 곧 전철이 나타날 듯하였다. 사람들이 내리고 또 타고, 그리고 전철이 출발하는 과정이 되풀이된다는 일상사에 별 흥미는 없었다. 눈을 들어 잠시 두리번거리다 눈이 멈춘 곳에는 단정한 옷차림의 어떤 여인이 이쪽으로 사뿐거리며 걸어오고 있었다. 직감적으로 그 여인이 조금 전 통화한 사람임을 알 수 있었다. 어쩌면 전문직에 종사하는 사람일지 모른다는 느낌이 왔다.

"안녕하세요. 제가 여기 앉았다가 전철을 타고 갔는데, 여기에 휴대전화 둔 것을 몰랐습니다."

"위치 설명을 하지 않았는데 여기로 오셨군요. 그런데 전화기를 드리려는데, 딱 한 가지 확인을 하고 싶습니다. 만약의 경우 다른 사람 것을 댁에게 드린다면 곤란합니다. 차라리 유실물센터에 전해주는 길이 옳을지 모릅니다."

"어떻게 확인해 드릴까요?"

"간단합니다. 여기 제 전화기가 있는데, 이것으로 이 전화를 불러내 보십시오. 목소리만으로 사람을 다시 확인하기에는 미심쩍습니다. 별로 어려운 일이 아니니 그렇게 하시지요."

"네, 알겠습니다."

그 여인은 김 작가의 전화기를 받아 곧 김 작가 손에 있는 전화기를 불러내 주었다. 그래서 김 작가는 전화기를 그녀에게 인계해 주었다.

"저, 이런 고마운 은혜를 갚아야 하지 않을까요? 제가 차를 사겠습니다. 가까운 곳으로 가시지요."

그녀는 앞장서서 사뿐거리며 걸어갔다. 전철 출입구를 나오자마자 찻집이 있었다. 아주 밝은 곳에서 마주 앉아 자세히 살피니 그녀는 놀랍도록 밝은 미모를 가지고 있으나 앳되지 않은 얼굴을 하고 있었다. 아직 주름은 없었지만 피부가 매끈하지는 않았다. 그래도 무척 맑은 눈이 여간 정겹지 않았다. 아직 둘 사이에는 조금 서먹함이 있었다. 진짜 남남이 만난 셈이었다. 그녀가 먼저 입을 열었다.

"다시 한번 감사를 드립니다. 유실물센터에서 찾으려면 멀기도 하고 절차가 번거로울 터이니 그것만 해도 얼마나 감사한지 몰라요."

"아니 뭘요. 저, 저를 소개해도 실례가 아닐지 모릅니다만, 이름은 김영

이고요, 사진작가이고 인물 사진에 능합니다. 주로 초상화에 관심이 많습니다. 그리고 단편 소설 작가입니다. 마침 여기 제 명함이 있군요."

그녀는 명함을 받아 살피다가 핸드백에 넣었다.

"그 단편 작품 이름이 무얼까요?"

"이름이 약간 괴상합니다. '시간이 죽다' 입니다. 판타지 종류에 속합니다. 종이책으로 출간하려다 코로나 역병 때문에 전자책으로 출간했습니다. 꽤 재미있는 책입니다."

"언제 한 번 읽어보아야겠습니다. 저는 송주희입니다. 소품 디자이너입니다. 공연히 바쁘기만 합니다."

"소품이라면?"

"상품을 생산하는 회사들에 기획부서가 있어서 새 상품에 관해 기획합니다. 그럴 때 어떤 디자인이 좋을지 공모를 하기도 하고 단골 디자이너가 있으면 대가를 지출하고 디자인을 채택합니다."

"아, 그러시군요. 어찌 되었건 저처럼 창조업무를 하십니다."

"그렇다고 보아야겠지요? 그런데 제가 너무 바빠 이만 자리에서 일어나야 합니다. 실례일 줄 알지만 그만 일어서 보아야겠습니다. 만나서 반가웠습니다. 그럼 안녕히 계십시오. 아 참, 부탁이 있습니다."

"무얼까요?"

"제 전화번호가 작가님 전화에 찍혀 있습니다. 그걸 지워주시면 감사하겠는데요."

"어렵지 않습니다. 그러면 여기를 보십시오. 최근 기록을 지우겠습니다. 지워졌지요?"

"감사합니다. 오래 건강하시기 바랍니다. 저는 먼저 가보겠습니다."

그녀는 핸드백을 얼른 집더니 급한 걸음으로 건물을 나가 전철 출입구로 사라졌다. 김영 작가는 조금 멍한 상태가 되었다. 사실은 같은 방향 전

차를 타야 할 터인데 아직도 그 자리에 그대로 앉아 있었다. 마치 무슨 좋은 향기가 풍기는 산들바람에 쏘인 느낌이 들었다. 그도 천천히 몸을 움직여 전철 입구로 향했다.

(둘)

김영 작가는 협회에서 주문하는 작품을 촬영하려 애를 썼다. 어떤 새 시대가 열린다는 '열림'이라는 개념을 가진 사진을 찍어야 했다. 세상에 열림을 보여주는 피사체는 많다. 널려 있다. 하지만 꽉 억눌려 있다가 살포시 열리는 대상은 찾기가 만만하지 않다. 일단 어둠과 밝음이라는 대비를 먼저 구상해보기로 했다. 터널이 먼저 떠오르지만, 너무 고식적인 대상이어서 그쪽 생각은 접기로 했다. 차라리 거시적 대상을 피하고 근접 사진을 연구해보는 편이 더 쉬울 듯했다. 얼른 떠오르는 대상이 꽃망울이지만 그것도 흔하디흔한 대상일 뿐이다. 그렇다고 개미집을 찍을 수야 없겠다. 아름다운 모습일 것이라는 보장이 없는 피사체였다.

그래서 이것저것 많이 찍어서 골라보기로 작정했다. 한 200 작품에서야 한 장쯤 나오리라 짐작해보았다. 200 작품을 제대로 찍으려면 적어도 2주일은 걸릴 터였다. 이런저런 잡동사니 일을 처리하면서 촬영을 계속하려면 좀 더 걸릴지 모른다는 걱정이 앞섰다. 여러 장소를 방문하기에는 시간이 부족했다. 산이면 산, 바다면 바다 한쪽을 정해버려야 할 듯했다. 지극히 조용하고 조그만 시골 마을이 얼른 떠올랐다. 피사체는 대충 구상되었다. 농사일로 투박해진 손이 사립문을 여는 모습도 고려 대상이었다. 다만 피사체 동의가 필요할지 모른다. 그런데 이런 출사에 송주희가 함께한다면 꽤 좋을 것 같다는 생각이 문득 들었다. 창조업무를 하는 사람으로 창조하는 과정에 참여한다면 득이 되지 않을까? 하지만 그녀에게 연락할 어떤 방법도 없었다. 이름 있는 산업체 기획부서를 돌면서 혹시 송주희를 아느냐고 물어보기도 난감했다. 그래서 전화기를 전문가에게 맡겨 지워버린 번호를 찾는 편이 어떨까는 생각도 해보았다. 답답한 날을 보냈다.

(셋)

전화가 울었다. 받아보니 기억에서 아물거리는 여인의 목소리가 들려왔다. 송주희였다.

"안녕하세요, 작가님. 기억하실지 모릅니다만 송주희입니다. 두어 달 전에 잃어버린 제 전화기를 찾아주셨지요? 반갑습니다."

"그동안 안녕하셨어요? 그래 어인 일로 이렇게 어려운 전화를 주셨습니까?"

"제가 자필 소개서를 다시 써야 하는데 마땅한 얼굴 사진이 없어서, 폐가 되지 않는다면 작가님께 부탁드리려고요."

"자주 하는 일이니까 어렵지는 않습니다만 꽤 비쌀 터인데요, 괜찮겠어요?"

"호호. 비싸야 얼마나 비싸겠어요. 그리고 아무래도 좀 깎아주시겠지요. 뭐."

"언제쯤 움직이실 예정입니까? 저도 지금 무슨 작업 때문에 여기를 떠나 있을 때가 있습니다."

"화급한 일은 아닙니다. 작가님 시간에 제가 맞춰야 하지 않을까요?"

"촬영실 주소와 시간을 문자로 전송하겠습니다."

〈넷〉

"자, 여기를 바라보십시오. 자, 찍습니다."

"김 작가님, 셔터도 건드리지 않고 사진을 찍었습니다."

"아, 이건요, 리모컨 셔터입니다. 이 손에 들고 있는 이것이 보이시죠? 그런데 지금 대략 세 종류로 찍을까 합니다. 첫째는 여권 사진이고요. 둘째는 미소가 반쯤 보이는 멋진 사진인데 소개서에 쓸 수 있겠지요. 그리고 물론 예술사진을 많이 찍을 겁니다. 연예인처럼 보이는 사진도 더러 있을지 모릅니다. 혹시 의견이 있으십니까?"

"저는 가만히만 있으면 되겠네요."

"그렇지 않습니다. 시선을 여기저기로 옮겨야 하니까 어지러울지 모릅니다. 자, 이 막대기 끝에 있는 별을 바라보십시오. 이 별이 이리저리 움직일 겁니다. 그리고 조명 위치가 자주 바뀌니까 어리둥절해질지도 모릅니다. 아 참, 며칠 후 한 번 더 촬영해야 하지 않을까요? 어떻게 생각하세요?"

"왜요? 왜 그래야지요?"

"윗도리를 바꾸어 입거나 머리 매무새를 바꾸어야 하니까 미용사를 모시고 와야 하지 않을까요?"

"아, 거기까지 생각하지 못했습니다. 며칠 후에 다시 수고를 부탁드리겠습니다."

김 작가는 엄청나게 많은 사진을 찍었다.

"자, 오늘 촬영한 사진들을 투영기로 확대할 터이니 거기서 골라주시기 바랍니다. 이쪽 여기로 오셔서 편하게 앉아 감상하시지요."

투영기가 돌아가고 실물보다 더 큰 사진들이 보이기 시작했다. 송주희는 얼얼한 기분으로 작품들을 바라보았다.

"마음에 들면 알려주십시오. 아 참, 제가 모레쯤 저기 남도 쪽 시골에 가려는데 관심이 있으십니까? 이번에 협회에서 작품을 공모하는데 출품작을 찍어볼 생각입니다."

"시간이 얼마나 걸릴지가 중요한데요."

"1박 2일입니다."

"그럼 함께 움직이시지요. 자연에서 얻는 디자인 아이디어를 기대해 봅니다."

『동화』

황 우 상

한마디

너는 왜 토끼를 사랑하니? …… 그냥 좋아서.

약 력

- 연세대 영문과 졸업
- 《산림문학》(2010) 동화작가 등단
- 제1회 산림문학상(2015) 수상
- 제21회 웅진문학상(2022) 대상 수상(소설부분)
- 장편소설『아마존에 이는 바람』, 동화집『뱁새가 황새는 왜 따라가?』(2018)
- 시집:『도시의 낙타』(2021)

별주부의 사랑

— 신 별주부전

아이고, 오늘은 학생들이 많이 왔네. 중학생? 어디서 왔나들? 어이구, 멀리서 왔구먼.

이 이야기 할아버지한테서 좋은 얘기를 듣고 싶어서 왔다고? 기특하기도 하지.

그래 어떤 이야기를 듣고 싶어? 뭐, 사랑 얘기? 허허허, 하기야 요즘은 중학생만 돼도 사랑에 관심이 갈 나이지.

그렇지만 내가 뭐 여러분들한테 사랑이 이렇다 저렇다 강의를 할 수는 없고 그냥 옛날얘기 한 토막을 들려줘도 되겠지?

자, 다들 거기에 편하게 자리잡고 앉아요. 할아버지 앞이라고 너무 조심할 것 없어요. 그럼 시작해 볼까?

여러분 중에 별주부전이라고 들어본 사람? 오, 제법 많구먼. 내용도 안다고? 흠, 그래요.

옛날 옛적 바닷속을 다스리는 용왕님께서 중병에 걸리셨는데, 단 한 가지 치료 약이 육지에 사는 토끼의 생간이라고 의사가 처방을 내렸대요. 그래서 그 용궁에서 주부라는 벼슬을 하던 자라에게 명을 내려 토끼를 잡아오게 했다 이 말이야.

자라는 거북이 비슷하게 생긴 동물인데 물속에서 살아요. 그리고 주부는 궁에서 문서와 장부를 담당하는 벼슬을 말하는데, 자라를 한자로 별

(鼈)이라고 하기에 별주부가 된 거야.

묻에 올라온 별주부가 토끼를 찾기는 했는데 마지막 순간에 토끼가 눈치를 채는 바람에 용궁으로 데려가진 못했어. 실망한 별주부가 자살하려는 찰나에 신선이 나타나 신통한 약을 주어서 용왕의 병이 나았다는 얘기지.

그 후로 오랜 세월이 흘러 그 별주부의 손자인지 증손자인지 되는 자라가 할아버지처럼 주부의 벼슬을 살고 있었는데, 어느 날 용왕님께서 부르시더니 이렇게 말씀하셨대요.

"저 위 뭍에서 동물들이 모여 즐기는 축제가 있다고 우리 용궁에도 초대장이 왔구나. 그런데 우리 용궁에 사는 동물 중에서 뭍에 올라갈 수 있는 동물은 그대밖에 없으니 다녀오도록 하라."

별주부도 마침 심심하던 참이라 용왕님의 명을 받자 신이 나서 뭍으로 올라갔대요. 물가에는 널찍한 들판이 저 멀리 산 아래까지 펼쳐져 있고, 때는 마침 만물이 한창 자라는 화창한 봄철이라 하늘에는 구름이 두둥실 떠가는데 날씨도 따뜻하고 온갖 꽃이 만발하여 그야말로 축제 분위기였지.

물속 동물들만 봐온 별주부의 눈에는 뭍에 사는 짐승들이 신기하기만 했어. 서로 자기가 짐승들의 왕이라고 뽐내는 사자와 호랑이, 나무 위를 자유롭게 뛰어다니는 원숭이들, 머리에 뿔이 달린 소나 양, 달리기에는 누구한테도 지지 않는다는 말 등 크고 작은 수많은 동물이 한데 모여 춤추고 노래하며 놀고 있었으니 말이야.

그런데 어느 순간 별주부의 시선이 한 곳에 딱 멈췄어. 저쪽 파란 풀이 자라고 있는 숲가에 온몸이 하얀 털로 덮인 동물을 보았거든. 기다란 두 귀를 이리저리 쫑긋거리면서 여기저기 깡충깡충 뛰어다니는 그 동물의 모습이 별주부의 눈에는 그렇게 아름다울 수가 없었어.

별주부는 그 동물을 좀 더 가까이 보고 싶어서 그쪽을 향해 걸음을 옮겼어요. 그런데 학생들도 알다시피 자라의 걸음이 느리잖아. 게다가 아무리 들판이라고 해도 돌이나 쓰러진 나뭇가지들이 많아서 별주부가 그 하얀 동물 곁에까지 가는 데는 한참이나 시간이 걸렸다네. 아마 땀도 어지간히 흘렸을걸. 뭐, 자라도 땀을 흘리느냐고? 그거야 나도 모르지, 허허허.

가까스로 그 하얀 동물에게 다가간 별주부는 한참을 망설이다가 말을 걸었어.

"저어, 나는 저 물속 용궁에 사는 별주부라고 하는데, 너는 뭐라고 하는 동물이니?"

땅에서 올라오는 새순을 열심히 따먹고 있던 그 귀가 길고 털이 하얀 동물은 화들짝 놀라며 별주부를 돌아봤는데, 그 동물의 빨간 눈동자를 본 별주부는 또다시 놀라고 말았어. 세상에 이렇게 아름다운 눈을 가진 동물도 있다니…. 토끼의 눈이 빨갛다는 건 학생들도 알고 있지? 혹시 그 순간에는 별주부의 눈도 빨개지지 않았을까 몰라.

그 하얀 동물도 별주부를 마주 바라보았어. 가만히 보니 전체적으로 회색빛 검은 몸통에 두 눈이 반짝거리기는 하는데, 입은 뛰어나오고 목과 네 발은 있는지 없는지 모를 정도로 짧지, 거기다가 둥글넓적한 등짝을 짊어지고 있는 모양이 참 신기한 동물인 거야. 모양도 신기하지만, 용궁에서 왔다는 별주부의 말에 더 호기심이 발동한 그 하얀 동물은 대답했어.

"나는 토끼라고 해. 그런데 너는 용궁에서 왔다고? 그 용궁이란 게 어떻게 생겼니?"

별주부는 그 동물이 토끼라는 말을 듣고 깜짝 놀랐어. 왜냐하면 옛날에 할아버지 별주부와 토끼의 이야기를 아버지한테서 들은 적이 있었거든. 자라와 토끼 사이에는 꽤 질긴 인연이 있었던 모양이지? 하지만 할아버지와 토끼의 이야기는 까마득한 옛날얘기고, 지금의 별주부와는 상관이 없지 않겠어? 그래서 별주부는 토끼에게 할아버지 얘기는 빼고 그냥 용궁 얘기만 해주었지. 갖가지 화려한 산호로 으리으리하게 꾸며진 궁궐이며, 수많은 아름다운 물고기들이 사는 바다 이야기 같은 거 말이야. 토끼는 그 빨간 눈을 반짝이며 별주부의 바다 이야기를 들었어. 하기야 뭍에 사는 토끼로서는 별주부의 바다 이야기가 신기할 만도 했지.

그날 축제가 끝날 무렵 토끼가 말했어.

"우리 앞으로 친구로 지내자. 너는 아는 것도 많고 재미있는 이야기도 잘하니 가끔 만나서 용궁 얘기를 해주면 고맙겠다."

별주부로서는 듣던 중 반가운 소리였지. 그래서 헤어지기 전에 별주부는 용기를 내어 토끼에게 말했어.

"그런데 너의 그 하얀 털 좀 만져볼 수 있겠니? 난생처음 보는 거라서 그래."

토끼는 선선히 그러라고 하면서 별주부 쪽으로 등을 내밀었어. 별주부는 토끼의 하얀 털에 얼굴을 대봤어. 아, 그 부드러움이란! 그리고 따뜻하게 느껴지는 토끼의 체온에 별주부는 정신이 혼미해질 지경이었어.

생각해 봐요, 학생들. 토끼는 따뜻한 피에 부드러운 털을 가졌지만 자라는 변온동물이면서 딱딱한 피부를 가졌으니 달라도 한참 다르지. 그런데 별주부는 자기와 아주 다른 그런 토끼가 너무나 신기하고 좋았던 거야.

그때부터 별주부와 토끼는 가끔 만나서 여러 가지 이야기를 나누면서 재미있는 시간을 보냈어. 별주부가 외모는 그래도 아는 것이 많아서 이야

깃거리가 떨어지는 법이 없었지.

주부란 벼슬이 뭐 하는 자리라고 했지요? 맞아요. 문서와 장부를 작성하고 정리하는 벼슬이야. 용궁에서 내보내는 문서도 많고 용궁으로 들어오는 문서도 많았기 때문에 별주부는 여러 외국어에도 능통했고 읽은 책도 많아서 대화할 거리는 얼마든지 있었어요.

그러면 토끼는 어땠을까? 이 토끼도 보통 토끼가 아녔던가 봐. 사람으로 치면 문학, 과학, 예술 등 여러 분야에 대한 지식이 풍부하고, 또 그 빠른 걸음으로 이 산 저 산 다닌 곳이 많아서 여기저기 모르는 곳이 없다고 할 정도였어. 그러니 이 둘이 만나면 시간이 언제 지나갔는지 몰랐지.

별주부는 점점 토끼에게 빠져들었어. 한마디로 말해서 사랑하게 된 것이지. 혼자 있을 때도 토끼의 하얀 털의 촉감, 기다란 귀, 빨간 두 눈동자가 생각나 마음속에 불이 일어나는 거라. 자다가도 토끼 생각, 길을 걸어도 토끼 생각, 오로지 토끼 생각밖에 없었지. 그래서 별주부는 토끼를 만날 때마다 토끼의 두 눈을 바라보고 부드러운 털을 만지고 싶어 했어.

하지만 토끼는 그저 말이 잘 통하는 대화상대로 별주부를 대하고 있었어. 자기의 하얀 털을 신기해하니까 한두 번 만지게 해준 것일 뿐 별주부에게 무슨 사랑 같은 감정을 느낀 게 아니었다는 얘기야. 그럴 만도 한 것이 토끼에게는 별주부 말고도 가까이 지내는 동물이 많았거든. 나무를 타고 노는 원숭이라든가 화려한 몸매에 커다란 뿔을 갖춘 꽃사슴 같은 동물들 말이야. 한 번은 토끼가 이들 동물에게 별주부를 소개해서 같이 지내보자고 했는데 다들 별주부의 거무튀튀한 색깔과 느려터진 걸음걸이를 싫어해서 별로 친해지지 못했어.

별주부는 자기가 정말로 마음속 깊이 좋아하는 토끼가 다른 동물들과 어울리는 것이 싫었어. 그렇다고 토끼한테 나하고만 놀자고 요구할 수도 없었지. 토끼를 좋아하는 건 별주부의 마음속에서만 그랬으니까. 다른 말로 하면 짝사랑이었단 말이지.

왜 사랑을 고백하지 않았느냐고? 별주부 나름대로는 고백을 해봤지. 가끔은 네가 좋다는 말도 했고, 때로는 사랑이 담긴 시를 여러 번 써서 보내기도 했다고. 하지만 토끼는 그냥 농담인 양 웃어넘기거나, 아니면 아예 반응을 보이지 않았어. 그러니 별주부만 혼자서 가슴앓이를 했지. 그렇게 생각해서 그런지 점점 언제부턴가 별주부가 만나자고 해도 토끼가 이런저런 핑계를 대며 잘 만나주지도 않는 거야. 그리고 어쩌다 만날 때도 자기 털을 건드리지 못하게 했어.

별주부의 마음을 조금도 헤아려주지 않는 토끼의 그 냉정하달까 무심하달까 하는 태도에 결국 별주부의 얼굴에는 웃음이 사라지고 몸마저 점점 야위어갔어. 무엇을 해도 재미가 없고, 아무것을 먹어도 맛도 없으니 야윌 수밖에. 별주부의 가장 친한 친구인 돌고래가 보다 못해서 물었어.

"이봐, 별주부, 도대체 왜 그래? 무슨 고민이 있으면 친구한테 털어놓고 같이 해결책을 찾아야지. 평소의 별주부답지 않게 이게 무슨 꼴이냐고."

별주부가 힘없이 대답했어.

"이건 무슨 해결책이 있는 게 아니야. 나 혼자의 문제니까 그냥 내버려 둬."

"이 친구야, 예부터 고민이나 슬픔은 나누면 반으로 줄어든다고 했어. 무슨 고민인데 그래?"

하는 수 없이 별주부는 토끼에 대한 자기의 감정을 돌고래에게 털어놓았지. 다 듣고 난 돌고래가 말했어.

"듣고 보니 딱하기는 하다만, 너의 사랑은 도저히 이루어질 수 없는 사랑이야. 들어봐. 우선 별주부 너는 자라잖아? 자라는 알에서 태어난 난생 동물이고 토끼는 엄마 몸에서 태어난 태생이라고. 또 자라는 물속에서 살지? 물론 가끔 뭍으로 나갈 수도 있지만, 뭍에서만 살 수는 없단 말이야. 그러나 토끼는 물속에선 절대로 살 수 없어. 맞지? 그리고 토끼는 엄청나게 빨리 달리는데 너는 느려터졌잖아. 도대체 둘이 궁합이 맞을 만한 구석이 하나도 없는데 뭐가 좋다는 거야?"

별주부가 짜증을 냈어.

"누가 그걸 모른대? 그걸 알면서도 난 토끼가 좋은 걸 어떡하라고?"

"아무래도 자라하고 토끼 사이에는 무슨 악연이라도 있나 보다. 옛날 너희 조상님께서도 토끼 때문에 곤욕을 치르셨다고 들었는데 너도 이렇게 토끼 때문에 가슴앓이를 하니 말이야. 하지만 잘 생각해라. 아무리 네가 죽네 사네 해도 안 되는 건 안 되는 거니까. 차라리 너 자신을 달래는 게 너한테도 좋고, 또 네가 사랑하는 토끼한테도 부담을 주지 않을 것 같다. 물론 괴롭기야 하겠지만, 그것도 시간이 지나면 하나의 아스라한 추억으로 남을 수 있지 않겠냐?"

그날부터 별주부는 용궁 깊숙한 구석에 있는 어느 커다란 바위 위에 가만히 앉아서 이것저것 깊이 생각을 해보았어. 눈을 감고 마음을 가라앉힌 후 토끼 생각에만 온 신경을 집중하면서 자신에게 묻고 대답을 했지.

   ─ 너는 왜 토끼를 사랑하니? …… 그냥 좋아서.

   ─ 토끼의 어디가 좋은데? …… 부드러운 털, 기다란 귀, 빨간 눈동자 등 모든 게 다 좋아.

   ─ 그 털, 귀, 눈동자가 왜 좋아? …… 나한테 없는 것이니까.

   ─ 토끼 말고 다른 동물들도 네가 갖지 못한 것을 가지고 있을 텐데, 그런 동물을 만나면 역시 사랑할 거야? …… 토끼처럼 부드러운 털과 아름다운 눈을 가진 동물은 더 이상 없어!

   ─ 토끼가 너의 사랑을 받아준다면 어디서 지낼 거야? 뭍에서, 아니면

물속에서? …… 글쎄, 그건…

별주부는 몇 날 며칠을 생각하고 고민하다가 스스로 결론을 내렸어.

'그래, 아무리 생각해도 내가 토끼를 사랑하는 건 내 욕심 때문인 것 같아. 나는 그저 토끼의 그 부드러운 털을 만지고 싶고 빨간 눈동자를 보고 싶어서 그러는 것일 거야. 이런 건 진정한 사랑이 아니라고. 명색이 용궁에서도 현명하기로 소문난 이 별주부가 그런 욕심에 휘둘려서 이렇게 가슴앓이를 하다니… 이 순간부터 나는 토끼 생각을 끊겠어!'

그날부터 별주부는 억지로 마음을 독하게 먹고 토끼를 만나러 가지 않았어. 가끔 보내던 시나 좋은 글도 일절 보내지 않았고 말이야. 어쩌다 동물들 모임에서 얼굴을 마주쳐도 웅얼웅얼 인사만 한마디하고 지나쳤지. 그런데 사랑이라는 게 그렇게 칼로 무 자르듯 하루아침에 잊어버릴 수 있는 게 아니거든. 사실 별주부의 속마음은 토끼가 자기에게 왜 갑자기 태도가 바뀌었는지 물어주길 기다리고 있었어. 그러면 별주부도 자기의 사랑을 좀 더 확실하게 고백하려고 했던 거지. 그러나 토끼는 그전과 전혀 다른 점이 없었어. 그저 가까이에 있는 다른 동물들 하고 어울려서 깔깔거리며 재미있게 지내더라 이 말이야. 별주부야 있어도 그만 없어도 그만인 존재처럼 보는 것 같았지.

한동안 별주부는 먼발치에서 토끼를 바라보며 아픈 마음을 달랬어. 그러면서 어떻게 하든 토끼를 잊어보려고 애를 썼지. 하지만 아무리 잊으려해도 토끼를 잊을 수 없었던 별주부는 다시 이런 결심을 했어.

'그래, 토끼가 잘 어울려 지내는 다른 동물들처럼 나도 토끼와 그냥 어울려 지내자. 그래도 가까이 있으면 언젠가는 토끼도 내 마음을 알아주겠지. 하지만 토끼가 싫어하는 것 같으니까 절대로 토끼의 털을 만지지는 않겠어.'

어쨌든 별주부는 토끼 곁에 가까이 가고 싶었던 거야. 토끼 생각을 끊겠다고 스스로 맹세했으나 도저히 끊을 수가 없었던 거지. 토끼의 털을 못 만지면 그 빨간 눈동자만이라도 보고 싶었으니까.

며칠 후 별주부와 토끼는 원숭이들의 나무타기 쇼를 보러 가게 되었어. 그날따라 토끼가 시간을 낼 수 있었던가 봐. 토끼와 나란히 앉아 쇼를 보는 내내 별주부는 갈등하고 있었어. 토끼의 그 부드러운 하얀 털이 자꾸 눈에 보이니까 말이야. 절대로 그 털은 안 만지겠다고 스스로 다짐을 했었지만, 별주부의 마음은 나무 위의 쇼가 아니라 토끼의 털에 쏠려 있던 거지.

그리고 어느 순간 별주부는 슬그머니 손을 내밀어 토끼의 털을 만지려고 했어. 손이 저절로 움직였다고나 할까. 그런데 그때 토끼가 별주부의 손을 '탁' 쳐서 밀어내는 거야. 자기 털을 만지지 못하게 한 거지. 그 순간 별주부는 팔다리와 목이 몸통 속으로 움츠러들면서 얼굴이 화끈 달아올랐어. 그리고 엄청난 모멸감과 함께 스스로에 대한 미운 마음이 날카로운 비수처럼 별주부의 가슴을 찔렀지. 토끼가 자기 털을 못 만지게 했다는 사실도 원망스러웠지만, 토끼의 털을 만지지 않겠다고 했던 자기의 다짐을 깨뜨린 자신이 그렇게 미울 수가 없었던 거야. 근처에 절벽이라도 있었으면 그 자리에서 그대로 뛰어내리고 싶은 마음이었으니까.

그날 별주부는 쓰라린 가슴을 안고 용궁으로 돌아갔고 다시는 뭍으로 올라오지 않았대. 그런데 그날 이후 그 바다는 오랫동안 거센 바람이 불고 높은 파도가 일었다고 하는데, 전해 오는 말로는 이룰 수 없는 사랑에 대한 별주부의 한숨과 몸부림 때문에 그랬다고 하더군.

황 단 아

한마디

뱀은 누구나 공포의 대상이다. 극적인 위기 상황에서 뱀과 만남은 묘한 충동을 자극한다고 했다. 그것은 사람들이 두려워하는 존재를 자기편으로 삼아 스스로 지키려는 보호본능 같은 것이다.

약 력

- 《한국산문》(2015) 신인상 등단
- 중랑신춘문예 소설 부문 수상(2020)
- 한국산문문인협회 회원
- 수필집: 『고무래』(2016)
- 소설: 『어미』(2020)

공곳이

　여행은 눈으로 볼 수 있는 책이다. 여행이란 준비의 과정에서부터 행복하다. 가면서 먹으려고 김밥 준비를 하기 위해 밥을 많이 안쳐놓았다. 은이가 김밥을 하려고 부엌으로 나온다. 엄마 김밥 내가 말게? 그래라. 나는 부엌에서 방으로 와서 컴퓨터랑 읽을 책을 넣었다. 컴퓨터를 넣어 보지만 여행 가서 얼마나 사용이 될지 모른다. 하지만 나에게는 여행의 기본 준비물이다. 은이가 부른다. 김밥에 파란 나물은 없어요. 나는 잠옷 바람으로 겉옷 하나만 걸치고 밭으로 간다. 시금치가 풀과 함께 나풀거리고 있다. 올해 들어 유난히 추운 날이 많았다. 나는 속으로 시금치가 얼지 않았을까 생각했는데 시금치는 다행히 추운 날씨와 싸워서 이겼는지 초록초록 싱싱한 모습으로 나를 반겼다. 시금치를 파릇하게 삶았다. 맛소금과 깨소금, 들기름을 넣고 무친다. 은이는 김밥을 말고 나는 김밥을 잘랐다. 우리 집에서 제일 잘 드는 새 칼로 김밥을 잘랐는데, 예쁘게 잘리지 않았다. 칼에 밥풀이 붙어 칼을 물에 씻으면서 잘랐다. 밥이 좀 질었던 것 같다. 가족이 김밥을 맛있게 먹었다. 남은 김밥은 통에 담아서 여행 갈 때 함께 가지고 갔다. 남편은 남편대로, 은이는 은이대로 나는 나대로 준비가 다 끝났다.

　남편 차에 은이와 손녀가 함께 타고 거제도로 향했다. 감포에서 동경주 IC 고속도로에 차를 올렸다. 차 안에서 손녀는 할미에게 간다고 난리다. 나는 손녀를 안았다. 아이의 마음은 양은 냄비다. 조금 있다 또 뒷자리에

간다고 한다. 이제 할미에게 오지 마. 손녀를 뒷자리로 보낸다. 손녀는 이제 네 살이다. 말도 제법 잘하고 말귀도 알아듣는다. 한참 가다가 뒷자리가 조용해서 뒤를 돌아보니 손녀는 잠이 들었다. 남편은 고속도로에서 계속 달렸다. 나는 커피도 먹고 싶고 화장실도 가고 싶었다. 통도사 휴게소를 지나 버리고나니 휴게소가 보이지 않았다. 한참을 달리다 보니 거가대교 입구에 가덕휴게소가 나왔다. 휴게소가 나오니 손녀도 일어났다. 화장실 가서 손녀와 함께 볼일을 보고 커피도 한잔 마셨다. 집에서 가져간 김밥도 먹었다. 남편은 손녀와 바람 부는 바다를 구경했다. 손녀는 더 놀고 싶은지 차에 타지 않겠다고 떼를 쓴다.

내비에는 아직도 49분이 남았다. 계획은 지심도에 먼저 가려고 일찍 나섰다. 숙소에 먼저 가고 내일 지심도 가기로 하고 숙소로 갔다. 숙소는 2층이었다. 은이와 나는 방안에 조금 앉아 있다가 주위에 검색을 해 보았다. 공곶이가 검색되었다. 걸어서 가도 되는 위치인 것 같아서 걸어가려고 나가보았다. 고운 모래가 끝없이 펼쳐져 있는 해변이었다. 바다가 예쁘게 가꾸어져 있었다. 저 멀리 보이는 곳까지 길이 보였다. 은이와 나는 바다를 걸어서 보이는 곳까지 걸어가 보았다. 와현 여객터미널이었다. 더 이상 길이 없었다. 다시 걸어오면서 터미널에 들어가 보려고 문을 열어보니 문이 잠겨있었다. 오후 3시 반이다. 하루의 여객선이 끝난 모양이다. 유리문 사이로 시간표가 보였다. 외도 가는 시간표밖에 없었다. 내일 지심도 갈 때, 와현에서 갈 수 있으면 가려고 했다. 장승포에 가서 지심도를 가야 할 것 같았다. 은이와 나는 다시 숙소에 왔다. 차를 가지고 공곶이로 향했다. 공곶이는 걸어서 가는 길이 없었다. 차로 3분이 걸렸다. 조금 꼬부랑 도로를 타고 공곶이 팻말이 있는 곳까지 갔다. 처음에는 어디가 공곶이인지 찾을 수가 없었다. 여기까지 온 것이니 둘러보고 가자고 했다. 바다 끝까지 걸어가 보았다. 바다로 난 둘레길은 없었다. 은이와 나는 다시 걸어 나왔다. 공곳이 가는 길 간판이 보였다. 시멘트로 된 그 길을 계속 올랐다. 어느 펜션 대문 앞에 강아지가 줄을 서서 앉아 있었다. 사람이 지나가는데 짖지도 않고 귀엽게 앉아 있었다. 우리는 계속 오르막으로 올라갔다. 숨을 헐떡거리며 올랐다. 한참을 오르다보니 이정표가 나왔다. 공곳이는 300m만 가면 되었다.

예구마을 끝머리에는 공곳이로 가는 입구가 있고, 이곳을 지나 수려한 나무 사이를 20분 정도 걷다 보면 약 45,000평의 농원인 공곳이가 나온다. 이곳은 지형이 궁둥이처럼 튀어나왔다고 해서 '공곳이'라고 불리는 계단식 다랭이 농원으로, 수선화와 동백나무 등 50여 종의 나무와 꽃이 심겨 있다. 계단식으로 되어 꽃나무들이 심어져 있었다. 동백나무만 해도 여러 종류였다. 꽃송이가 장미 송이만큼 크다. 산천 전체가 농원이었다. 걸어가는 곳이 동백나무가 굴을 만들었다. 굴속의 끝이 보이지 않았다. 수선화는 추운 겨울에 피는지 하얗게 피어 있었다. 중간쯤에는 자그마한 찻집이 있었다. 슬레이트로 만든 집도 보였다. 바다가 가까운 곳으로 내려갔다.

노부부를 만나 볼 수 있었다. 내려가는 길에 제주도 구멍 뚫린 돌담은 아니어도 돌담과 할머니의 생활이 역력했다. 허리가 조금 굽은 할머니의 첫인상은 세월의 검버섯이 말해주었다. 오 년이란 세월과 함께 관광소가 되어 있는 산천을 보니 부러움 반, 살고 싶은 마음이 반이었다. 얼굴에 검버섯이 검게 핀 노인이 우리를 보고 웃었다. 은이와 나는 안녕하세요 인사를 했다. 노인은 평상 같은 곳에 앉아서 사람 없을 때 잘 왔다고 했다. 수선화 꽃을 한 다발에 천 원이라고 했다. 하나를 샀다. 입장료도 없는 아름다운 곳, 꽃이라도 한 다발 구입하는 것이 도리가 아닐까 생각에서였다. 조금 있으니 아들 같아 보이는 남자 한 사람이 보였다. 아들입니까? 할머니는 아들이라고 대답을 했다. 부산에 사는데 가끔씩 와서 일을 도와

준다고 했다. 아들은 저녁에 비가 오겠다며 비 설거지를 하려고 할머니에게 더 할 것 없냐고 물었다. 할머니는 아들 말을 뒤로하고 우리와 이야기를 나누었다. 할머니는 우리와 이야기가 하고 싶은지 여기 온 지 50년이 되었다며 말을 이었다. 할머니 나이는 올해 86세, 할아버지는 91세라고 했다. 호미와 삽으로 이 산을 일구었다고 했다. 귀가 없는 양은 냄비에 라면 삶아 먹으면서 일구었고, 구순이 넘은 할아버지가 아직까지 돌계단을 오르내리며 일을 하고 계셨다. 할머니는 자식들에게 항상 미안한 마음이 든다고 하셨다. 자식들이 어릴 때부터 이곳에 들어왔다. 육 남매를 제대로 키우지도 못했다는 할머니의 말에는 후회가 섞여 있었다. 수선화에는 향기가 진동을 했다. 백합보다 더 향기가 진했다. 은이는 향기가 좋다며 코로 향기를 맡으며 행복해했다. 나는 조금 떨어져 있었는데 수선화 향기가 진동을 했다. 나는 수선화를 보면 그리스신화 나르시스 청년이 생각난다. 연못 속에 비친 자기 얼굴의 아름다움에 반해 물속에 풍덩 빠졌는데 그 자리에 수선화가 피었다는 이야기가 떠오른다.

돌아올 때는 공곳이 아래에 있는 바다 몽돌해변으로 왔다. 테라스로 꾸며놓은 조립식 주택과 무대에서 한려수도의 아름다운 자연경관을 감상할 수 있었다. 산허리로 오솔길이 나 있었다. 1키로 조금 넘게 걸렸다. 산길 오솔길이라서 힘들지가 않았다. 온 산천이 동백나무 천지였다. 내려오는 길에도 동백꽃이 길바닥에 널브러져 있었다. 오래된 꽃송이, 방금 떨어진 꽃송이, 은이와 나는 돌아오면서 동백꽃을 주웠다. 한참을 걷다 보니 마을이 보였다. 안도의 숨을 쉬며 천천히 음미하며 왔다. 주워 온 동백꽃송이로 소나무 낙엽이 쌓인 좁은 오솔길에 하트모양으로 장식하고 폰에도 담았다. 은이와 나는 너무 예뻐서 보고 또 보고 동백꽃에 반해 산을 내려올 수가 없었다. 우리가 만든 작품을 보면서 내려올 생각을 못 하고 감상하고 있었다. 올라갈 때는 왼쪽 시멘트 길로 올라가서 내려올 때는 산 옆

으로 내려왔다. 한 바퀴를 돌아온 셈이다. 겨울에는 이곳에 심은 수선화
가 만개해 더욱 아름다운 경치를 자랑할 것이다. 영화 '종려나무 숲'의 촬
영지이며, 거제시가 지정한 '추천명소 8경' 중 한 곳이기도 했다. 관광 도
보 코스로 예구마을, 공곶이, 서이말 등대를 연결하는 10km 둘레길이 형
성되어 있어서 많은 관광객이 이곳을 찾는다고 했다. 처음 오는 사람은
둘레길을 찾을 수가 없다. 꼭꼭 숨어 있었다. 마을 입구에 내려오니 홍매
화가 언덕을 아름답게 장식하고 있었다. 매화나무들이 우리를 또 잡았다.
활짝 핀 매화를 폰에 담느라 우리는 서로 쳐다보며 웃었다. 산언덕에 하
얀 눈이 내린 것처럼 보였다. 중간중간 홍매화의 출연도 한 폭의 동양화
같았다.

　날씨가 갑자기 추워서 남편은 손녀를 데리고 숙소에 있었다. 너무 오
래 기다리게 해서 걱정이 되었다. 남편과 함께 여행하다 보니 이로운 점
이 많았다. 날씨 관계로 방안에만 있는 남편에게 죄송한 마음이 들었다.
공곶이는 하루만 보기에는 너무 아까운 명소이다. 은이는 내일 다시 오자
고 한다. 내일 오기로 약속을 하고 숙소로 왔다. 공곶이 가는 길에 생맥줏
집을 보았다. 그런데 오는 길에 찾아보니 보이지 않았다. 저녁에 생맥주
한잔하려고 봐둔 자리였다. 귀신이 곡할 노릇이다. 가면서 보았던 가게가
보이지 않았다. 차를 돌려서 다시 오면서 살펴보았지만 생맥주란 글은 보
이지 않았다. 결국 포기하고 그냥 숙소로 향해 왔지만 나의 마음은 내내
아쉬웠다. 거제까지 와서 분위기 한번 내려고 했는데.

　맛집을 찾아 저녁을 먹어야 되겠다고 생각하고 있었다. 마침 거제도에
살고 있는 친구가 연락이 왔다. 저녁 같이 먹자는 것이다. 말만 들어도 고
맙다. 나는 식구들에게 같이 가자고 물어보았다. 은이는 싫다고 한다. 손
녀를 데리고 가면 밥이 입으로 들어가는지 코로 들어가는지 모르니까 내
키지 않는 모양이다. 우리는 결국 우리끼리 먹기로 결정을 했다. 근처에

있는 굴구이집을 찾았다. 회는 감포에서도 얼마든지 먹을 수 있다. 차로 삼 분 정도 가면 굴구이집이 보였다. 우리 가족은 식당으로 들어갔다. 굴을 먹고 가자고 했다. A코스를 주문했다. 굴 회무침, 굴찜, 굴전, 굴 탕수육, 굴죽 푸짐하게 나왔다. 술은 생맥주 한잔하기로 하고 굴만 먹었다. 손녀는 아기 의자에 앉혔다. 아기 의자에서는 꼼짝을 못 했다. 아니면 식당 전체를 돌아다닐 것이다. 계산을 하고 굴집에서 나왔다. 바로 옆집에 호프가게가 보였다. 배가 부른데 술배는 따로 있는지 호프가 먹고 싶었다. 안주는 치킨밖에 없었다. 배가 불러서 집에 가져가기로 하고 치킨을 시켰다. 손녀는 가게에서 돌아다닌다고 정신이 없었다. 생각해 보니 손녀를 데리고 호프를 먹는 것은 아닌 것 같아서 호프도 테이크아웃해서 숙소로 가져왔다. 숙소에서 호프를 마시며 가족의 정을 느끼는 순간이었다. 조금 있으니 남편이 숙소에 노래방이 무료라고 한다. 나는 공곶이 가서 많이 걸어서 그런지 가고 싶지 않았다. 나는 손녀 보고 있을 테니 은이랑 다녀오라고 했다. 남편과 은이는 노래방을 갔다. 씻으려고 보니 칫솔이 보이지 않았다. 손녀를 데리고 차에 간다고 계단을 내려갔는데 남편의 노랫소리가 들렸다. 손녀와 나는 노래방으로 들어갔다. 손녀는 노래방에 들어가자마자 몸을 흔들고 춤을 추었다. 우리 가족은 폭소를 터트렸다. 조그만 아기가 춤을 폴짝폴짝 끝도 없이 추었다. 나도 노래를 몇 곡 불렀다. 가지 않겠다던 노래방을 함께 합류했다.

이튿날 어제 먹던 김밥과 치즈치킨이 그대로 있었다. 라면 하나를 삶아서 아침을 먹었다. 치킨은 아무리 먹어도 또 남았다. 남은 음식을 챙기고 청소를 깨끗이 하고 나왔다. 지심도 가려고 목표를 세웠는데 무용지물이 되었다. 우리는 다시 공곶이로 갔다. 아기가 있어서 산 위에까지 차로 올라갔다. 우리는 아침이라 차가 없는 줄 알았다. 두 대가 주차되어 있었다.

공곶이는 오는 길에 들르기로 하고 돌고래 전망대로 향했다. 손녀는 아직 어려서 산길을 잘 걷지 못했다. 손을 잡고 걷기에는 길이 좁았다. 평평한 길은 걸리고, 내리막이나 오르막은 업고 갔다. 아기를 데리고 가는 코스는 무리였다. 1키로나 되는 먼 거리였다. 남편이 업고 안고 가다가 은이와 내가 중간중간 업어주면서 서로서로 도우며 목적지에 도착했다. 그 기쁨은 말로 표현할 수가 없었다. 경치 또한 환상적이었다. 은이가 고생하면서 잘 왔다고 한다. 긴 의자 세 개가 있었다. 세 사람이 하나씩 누워서 하늘을 쳐다본다. 하늘의 경치 또한 기분을 업시켜 주었다. 손녀는 여기 왔다 저기 갔다 바빴다. 돌고래 형상으로 원을 만들어 놓은 자리에 손녀를 중간에 두고 사진을 찍었다. 은이는 사진을 찍고 우리 부부는 의자에 누워 푹 쉬었다. 누워있는데 저 멀리서 우와 여기 아기가 왔다 하는 말소리가 들린다. 남편과 나는 동시에 일어났다.

부부가 전망대에 들어오면서 아기가 여기까지 어떻게 왔지? 손녀는 그 부부를 보고 인사를 한다. 안녕하쪠요. 인사를 꾸벅한다. 부부는 그래 그래하며 귀여워한다. 손녀가 중간 역할을 했다. 자연스럽게 그 부부와 대화가 시작되었다. 번갈아 업고 왔다고 했다. 이렇게 먼 줄 몰랐어요. 어디서 오셨어요. 우리는 경주에서 왔어요. 딸은 서울에 살고요. 나는 입에서 줄줄 이야기 보따리가 터져 나왔다. 요즘 코로나 때문에 설에 내려와서 아직 서울 가지 못하고 있어요. 아이구 그러시구나? 나도 어디 사는지 물어보았다. 여기 살고 계세요? 아닙니다. 집은 서울 있습니다. 거제도 와서 살아보니 여기가 낙원입니다. 물어보지도 않았는데 저희 남편은 올해 칠순이고, 저는 내년에 칠순입니다. 여기 와서 겨울을 네 번이나 보냈는데 눈 오는 것을 한 번도 보지 못했습니다. 가벼운 산책하면서 뷰가 좋은 곳에 전세를 얻어 살고 있다고 구구절절 늘어놓았다. 나는 이야기 듣는 동안 노부부의 사는 모습이 정겹고 부러웠다. 이야기만 들어도 상상이 되었다. 우리 모습도 거울처럼 찰나로 지나갔다. 시간 가는 줄 모르고 이야기는 계속 진행되었다. 노부부는 우리 나이 공개했으니 올해 나이가 얼마냐고 다시 물어왔다. 이야기는 오고 가고 시간 가는 줄 모르고 계속 이어졌다. 그때 손녀가 저편에서 울고 있었다. 눈길이 손녀에게 쏠리면서 분위기는 마무리가 되었다. 다음에 거제도 오면 연락하라고 서로의 폰 번호를 교환했다. 가면서 매미성을 다녀가라는 부부의 마지막 말을 뒤로 하고 우리는 손녀를 안고 다시 왔던 길을 걸어왔다.

올 때와 같이 세 사람이 번갈아 업고 왔다. 갈 때보다는 빨리 오는 느낌이 들었다. 항상 갈 때보다 올 때가 빨리 오는 느낌은 여기뿐 아니다. 우리는 가까운 줄 알고 손녀를 데리고 갔다. 힘들게 다녀와서 더 보람이 있었던 것 같다. 이 겨울에 땀을 흘리고 두꺼운 겨울옷이 짐이 되었다. 나는 겨울옷을 한아름 안고 왔다. 주차한 곳에 와서 치킨과 사과를 먹었다. 나는 콜라를 평소에는 안 먹는다. 갈증이 나서 꿀떡꿀떡 마셨다. 어제저녁에 배가 불러 먹지 않던 치킨과 콜라가 삽시간에 없어졌다. 치킨을 먹고 뼈 하나를 들고 있는데 어디서 왔는지 강아지가 옆에 와 있었다. 강아지에게 뼈를 던져주었더니 강아지는 하나도 남기지 않고 다 먹었다. 조금 있으니 강아지 한 마리가 언제 왔는지 또 와 있었다. 나는 가만히 생각해 보니 어제 걸어서 올라올 때 대문 앞에 앉아 있던 귀여운 그 강아지였다.

대충 배를 채우고 은이와 공곶이에 갔다. 손녀는 차에서 자고 있었다. 남편은 또 손녀 차지였다. 은이는 어제 찍지 못한 경치를 사이사이 들어가서 다시 찍고 있었다. 나는 노부부의 삶을 연상하며 돌계단을 내려갔다. 오늘은 공곶이에 사람이 많았다. 아기를 데리고 온 사람, 부부가 온 사람, 교회에서 온 사람, 평일인데 사람이 제법 많았다. 공곶이에는 삼월 중순부터 사월 초까지 사람이 붐빈다고 했다. 나는 걱정이 되었다. 돌계단이 위태롭게 되어 있다. 사람이 많으면 위험할 것 같았다. 계단식으로 되어 있는 산자락을 들여다보니 노부부의 삶이 훤히 보였다. 어제 못 다한 풍경과 구석구석 둘러보고 차로 갔다. 좀 전에 치킨을 먹어서 그런지 배가 고프지 않았다. 점심을 먹자고 하니 은이랑 남편은 배가 고프지 않다고 집에 가서 저녁을 먹자고 했다.

공곶이에서 거가대교로 오면서 매미성이 있다는 부부의 말을 잊지 않고 은이가 매미성을 보고 가자고 했다. 나는 매미성을 처음 들어 보았다. 매미성은 2003년 태풍 매미로 경작지를 잃은 시민이 자연재해로부터 작물을 지키기 위해 오랜 시간 홀로 천년 바위 위에 쌓아 올린 성벽이다. 바닷가 근처에 네모반듯한 돌을 쌓고 시멘트로 메우기를 반복한 것이 이제는 유럽의 중세 시대를 연상케 하는 성이 되었다. 규모나 디자인이 설계도 한 장 없이 지었다고는 믿지 않을 만큼 훌륭했다. 남편과 손녀는 차에서 기다리고 있었다. 은이와 나는 매미성을 걸어갔다. 들어가는 골목마다 커피숍과 핫도그 집이 예쁘게 만들어져 있었다. 한참을 내려가다 보니 바닷가에 성이 보였다. 성에 앉아 동백꽃과 사진을 찍었다. 돌아오는 길에 머리통만 한 옥수수 세 개를 사 와서 점심으로 대신 먹었다.

보름이 지나서 나는 거제도를 다시 찾았다. 공곶이를 더 보고 싶은 마음이 들었다. 혼자 오는 여행의 맛도 제법 맛있었다. 누가 잔소리하는 사람도 없고, 누구를 맞추어야 하는 번거로움도 없었다. 휴게소에서 커피를 먹고 싶으면 먹고, 중간에 잠시 다른 곳으로 방향을 바꾸어도 된다. 돌고래 전망대에서 본 부부의 전화번호가 입력되어 있었다. 나는 통화를 눌렀다. 그렇게 오래 걸리지 않아서 전화를 받았다. 나는 공곶이에서 만난 경주 사람이라고 공손히 인사를 했다. 아이구 보름 만에 오셨네요. 자기 집 쪽으로 오라고 했다. 나는 대명리조트를 내비에 입력을 했다. 내비에서 30분이 나왔다. 운전을 하면서 콧노래가 나왔다. 혼자 여행 오니 마음대로 할 수 있어서 좋았다. 음악을 들으면서 대명리조트에 도착했다. 만나자는 커피숍에 도착하니 그분이 먼저 나와 기다리고 있었다. 우연히 만난 인연이 이렇게 다시 만날 줄 몰랐다. 나는 공곶이가 지금 오면 한창이라기에 혼자 또 왔어요. 그분은 말을 주춤했다. 나는 속으로 무슨 일이 있나 하는 생각을 했다. 아니나 다를까 지금은 공곶이를 막아 놓았다는 것이다. 나는 안타까웠다. 왜 그래요. 코로나 환자가 순례길에 포함이 되었단다. 코로나 환자는 대구에서 순례 온 사람이었다. 나라가 발칵 뒤집히는 이 판국에 격리되어야 할 판이다. 그런데 자기가 코로나인 줄 모르고 함께 나선 것이다. 코로나는 중국 우한에서 발생한 바이러스였다. 우리나라를 강타한 지는 몇 개월이 되었다. 처음부터 중국을 막아야 하는데 막지 않아서 우리나라가 엉망이 되었다. 이 청정지역 거제도까지 퍼졌다니 할 말이 없었다. 공곶이 산 전체가 천주교 순례길이라고 적혀 있는 것을 봤다. 공곶이 노부부도 병원에 격리된 상태라고 했다. 나는 걱정이 되었다. 나이가 많은 노부부. 50년을 이 산천에 바친 부부다. 병원이라고 모르던 부부가 얼마나 놀랐겠는가. 지금 한창 꽃이 피고, 관광객이 많이 오는 계절에 너무 안타깝다. 14일 격리 시간이니 며칠 있으면 문이 열릴 것이라고 말했다. 나는 안타까운 소식을 듣고 그분의 집 가까운 곳에 방을 얻었다. 제일 친하게 지내는 분이라고 소개를 시켜주었다. 내가 묵었던 펜션 집 주인은 문학박사였다. 대전으로 대구로 강의를 나간다고 했다. 나는 그 사람과 친해지고 싶었다.

방을 소개해 준 그분과 바닷가 테라스를 걸었다. 나는 테라스보다 공곶이 둘레길을 가자고 했다. 둘레길은 입구를 잘 모르는 사람은 갈 수가 없다. 은이와 올 때 그 길로 나왔기 때문에 고즈넉한 길이 예뻤다. 나는 그 길을 걷고 싶었다. 거제도에서 얼마나 있을지는 모른다. 같이 있는 동안이나마 언니라고 부르고 싶었다. 나이가 엄청 많으니까 언니라 부를께요.

흔쾌히 승낙을 해 주었다. 나는 언니가 없어서 아무에게나 언니 소리를 잘 안 한다. 딱히 뭐라고 부를 수가 없었다. 언니라고 부르고 나니 부르기가 편했다. 말도 자연스럽게 나왔다. 언니 공곶이 둘레길 한번 가 봐요? 언니는 그래 가보자.

두 사람은 공곶이 입구 넓은 주차장에 차를 주차했다. 매화가 만발이던 그 길을 쉽게 찾을 수 있었다. 언니도 이 둘레길을 많이 다녔다고 했다. 공곶이를 막는다고 해도 이 넓은 산천을 다 막을 수는 없다. 둘레길의 오솔길은 동백이 환하게 반겨주었다. 꽃송이로 하트를 만든 우리 작품은 흔적이 없었다. 시든 꽃들이 뒹굴고 있다. 혼자 다니면 무시무시할 둘레길이다. 중간중간 이정표가 설치되어 있다. 공곶이가 30m 남았다. 아무도 없는 줄 알았는데 인기척이 났다. 우리만 오고 싶은 것이 아니었다.

공곶이 앞쪽 몽돌 바다 위에 무대 같은 테라스에 남자 한 사람이 쉬고 있었다. 언니와 나는 그냥 지나치려 했다. 남자가 인사를 한다. 여기 어떻게 오셨나요? 언니와 나는 합창을 하듯이 산책 왔다고 대답을 했다. 남자가 여기 사람이 아무도 없어요. 어디에서 오셨나요? 돌고래 전망대에서 왔다고 했다. 돌고래 전망대는 공곶이에서 1키로 더 가야 한다. 남자는 우리를 따라왔다. 수선화 향기가 이렇게 찐합니까? 나는 대답했다. 향기가 진한지 몰랐는데 보름 전에 와서 알았습니다. 향기가 좋지요? 어디서 왔냐고 나는 물어보았다. 부산에서 왔다고 했다. 그 남자도 혼자 여행 다니는 것을 좋아한다고 했다. 세 사람은 공곶이를 알뜰히 구경했다. 수선화가 계단식으로 끝도 없이 피어 있었다. 돌계단은 셀 수가 없었다. 노부부의 50년 삶의 무게가 차곡차곡 계단에 내려앉아 있었다. 계단 굴을 올라가면서 남자가 말을 한다. 이런 곳에서 살면 욕심을 다 내려놓고 살 수 있지 않을까요. 언니와 나는 서로 얼굴을 쳐다보며 대답을 하지 못한다. 언니와 둘레길을 계속 걸었다. 남자도 우리를 따라왔다. 언니와 둘이라서 겁은 나지 않았다. 남자는 함께 말동무라도 하면 안 될까요. 언니가 대답한다. 어디까지 가십니까? 저는 목적지가 없습니다. 여기 와서 사람을 만나서 너무 기쁘다는 것이다. 남을 해치게 생기지는 않았다. 그럼 오늘 함께 동행합시다. 언니는 허락을 해주었다. 공곳이 둘레길을 두 시간이나 걸었다. 주차된 곳으로 왔다. 그 남자가 따라온다.

주차된 곳 앞에 현수막이 걸려 있다. 파전＋막걸리＝만원, 도토리묵＋막걸리＝만원 현수막이 눈에 확 띄었다. 그 남자는 여기서 막걸리 한 잔씩 하고 가자고 했다. 언니와 나는 두 시간이나 걸어서 갈증도 나고 배가 고팠다. 그럽시다. 식당으로 들어갔다. 나는 그 남자에게 말을 걸었다. 혼자 여행 다니는 것 좋아하시나 보죠? 남자는 입에서 주저리주저리 대답을 했다. 글 쓰는 작가라고 했다. 새로운 것을 많이 보고 쓰고 하려면 여행을 많이 다녀야 합니다. 혼자 여행한다는 것은 어려울 텐데, 대단합니다. 조금 있으니 식당 아주머니가 푸짐한 파전과 도토리묵을 가져왔다. 막걸리를 노란 주전자에 가져왔다. 노란 잔에 부어 오늘의 만남을 위하여, 건배를 했다. 갈증이 난 세 사람은 약속이나 한 듯, 잔을 말끔히 비웠다.

나는 그 남자가 글 쓰는 작가라는 말에 관심이 많았다. 장르가 무엇입니까? 소설입니다. 남자는 우리의 이 만남도 좋은 소설감이 되겠다는 말을 덧붙였다. 나는 다시 물어보았다. 언제까지 거제도에 머물 생각인가요? 2박 3일 방을 구했다는 것이다. 남자는 다시 우리를 보고 내일도 만나자고 한다. 거제도 지리를 잘 몰라서 그럽니다. 혼자 다니는 것보다 같이 다니면 즐거움이 배가 되지 않겠습니까? 나는 거제도 사람 아닙니다. 언니가 5년 정도 살았다니 우리보다는 잘 알지 않을까요? 남자는 음식값을 계산했다. 그럼 이번 여행은 함께 다녀보자는 약속을 하고 자리에서 일어났다. 언니와 나는 차를 타고 오면서 참 이상한 인연이 앞에서 기다리는구나 생각을 했다. 나는 언니가 구해주는 펜션에서 샤워를 했다. 피로가 한꺼번에 밀려왔다. 오늘 있었던 일들을 컴퓨터에 기록을 했다. 하루하루 메모를 하면서 나의 행동을 뒤돌아보는 계기가 되었다.

이튿날 아침 9시에 만나기로 한 장소에 언니와 나갔다. 그 남자는 예구마을에 방을 얻어 놓았던 것이다. 언니와 나는 고운 모래해변을 지나 예구마을 항에 도착했다. 그 남자와 만나는 장소였다. 남자는 벌써 항에 나와 바다를 보고 있었다. 언니와 나는 차를 주차하고 내렸다. 어제보다 오늘은 한층 가까운 사이가 되었다. 인사를 하는 장면만 보아도 확연하게 드러난다. 남자는 그레이색 티에 청바지를 입고 나왔다. 어제는 등산복 차림이었다. 좋은 아침입니다. 서로 인사를 하고 오늘의 산책 장소를 정한다. 언니가 지심도 가볼까요? 남자는 좋아요. 나는 그냥 언니가 하는 대로 따라다녔다.

지심도를 가려면 차를 가지고 장승포까지 가야 했다. 언니와 우리는 다시 차에 올랐다. 언니와 나는 앞좌석에 타고 남자는 뒷좌석에 탔다. 이틀 만에 차 안의 분위기가 화기애애했다. 남자는 작가라서 그런지 말을 해도 지적으로 했다. 매너도 좋았고, 생김새도 그럭저럭 보통 수준이다. 나는 소설가라 할 때부터 호감이 갔다. 첫인상도 그리 나쁘지 않았다. 더 가까워지고 싶은 마음이 들었다. 갑자기 조용한 차 분위기를 내가 바꾸어 버렸다.

얼마 전에 남편과 지심도에 갔는데 다시 가고 싶은 곳이라고 했다. 남자는 내 말을 받아서 그런 곳입니까? 저는 한 번도 안 가봤습니다. 남편과 갔을 때 동백나무가 흐드러져 있었는데 지금 가면 동백꽃이 예쁘게 피었을 것 같아요. 고즈넉한 길들과 둘레의 경치가 외국 온 기분이었어요. 남자는 기대가 됩니다. 그동안 차가 장승포 여객터미널 주차장에 도착했다. 우리 세 명은 표를 사고, 여객선에 올랐다. 마침 알고 온 것처럼 바로 가는 배가 있었다. 세 명은 안으로 배 안으로 들어가지 않고 밖에서 경치를 구경했다. 지심도가 그리 멀지 않아서 바다 구경할 것도 없었다. 지심도에 도착을 했다.

지심도 입구에서 오르막을 오르다 뒤를 돌아본다. 말도 하지 않았는데 함께 뒤를 돌아보았다. 아무래도 힘이 들어서 쉬고 싶었을 것이다. 경치가 너무 아름다워 입만 크게 벌리고 풍경을 보았다. 세 사람은 천천히 하나하나 빠짐없이 가슴에 담으려고 각자 보고 걸어가고 있다. 지심도 안에도 펜션이 많이 생겼다. 남편과 올 때는 몇 집뿐이었다. 지심도 안에 방을 얻어놓고 살았으면 생각을 하고 있는데 남자분이 여기 와서 살았으면 좋겠다고 한다. 나는 함께 대답을 했다. 그렇죠? 남자는 소설책도 제법 많이 출간했다. "나는 책 읽는 것을 좋아합니다. "

"책 제목과 이름을 말해주세요."

남자는 몇 권을 말해주었다. 사서 읽어볼 생각이다. 남자는 중요한 생각을 했는지 폰에다 입력을 하고, 여행을 알뜰히 하는 모습이었다. 남자들이 대충하고 지나간다. 이 남자는 글 쓰는 사람이라서 그런지 시간이 많이 걸렸다. 언니와 나는 휴식공간이 나오면 앉아서 웃고 이야기를 했다. 나와 잘 어울리는 사람이었다. 과일과 아메리카노 한 잔씩을 마시며 사진을 몇 컷 찍었다. 거제도 여행하는 동안 언니와 좋은 인연이 될 것 같았다. 언니는 자상하고 정이 많았다. 내가 미처 생각하지 못한 점도 세세하게 챙겨주었다. 생각과 모든 것이 공유하는 부분이 많았다. 세 시간 동안 지심도 한 바퀴 돌고 다시 원점으로 지심도 여객터미널에 도착했다. 남자는 발길이 떨어지지 않는다고 다음에 다시 오겠다고 했다. 장승포역에서 차를 타고 예구마을로 남자 분을 태워주었다. 남자는 이대로 헤어질 수 없다며 저녁을 먹자고 했다. 우리도 이틀 동안 정이 들었다. 언니와 나는 허락을 했다.

횟집으로 들어가서 가자미회를 시켰다. 예구 마을에 횟집은 몇 군데 있었다. 어제 막걸리 마셨던 바로 옆집이었다. 횟집이 아담하게 정감이 있었다. 식당 아주머니도 아담하게 생겨 첫인상이 좋았다. 공곶이서 만난 우리의 인연 절대 잊지 않겠다고 했다. 나는 공곶이가 나에게 인연을 맺어준 곳이라 해도 과언이 아니다. 언니도 공곶이에서 만났다. 가자미를 회를 먹고 그냥 나오려니 미안했다. 나는 생맥주 한잔할까요? 남자는 말이 떨어지자마자 생맥주 한잔합시다. 바로 대답을 했다. 생맥줏집은 조금 나가야 있었다. 언니 집과 내가 방을 얻은 곳 가까이 왔다. 남자의 예구마을에서 중간 정도였다. 서로 생맥주를 한잔하고 걸어가자고 한마디 했다. 술을 먹고 나면 운전을 하지 못하니 그럴 수밖에 없었다. 거제도는 분위기 있는 생맥줏집은 없었다. 치킨집에서 생맥주를 팔았다. 배가 부른데도 치킨 집에 들어가서 생맥주를 먹었다. 다행히 세 사람 다 생맥주는 잘 먹었다. 500 두 잔을 먹고 석 잔을 시킬 때 쯤, 남자 마음에 있는 이야기를 털어 놓았다. 세 사람 자주 만나서 여행하자고 했다. 폰 번호를 서로 주고받고 밤이 깊어서야 서로 집으로 걸어갔다. 한참을 걸어왔을까, 뒤에서 부르는 소리가 들린다. 커피 한 잔 더 하고 들어가자고 했다. 이렇게 오다가다 만났는데 정이 들었는지 헤어지지를 못했다. 언니와 내가 처음 만난 그 커피숍에 들어가서 커피를 시켰다. 술이 확 깨는 것 같았다. 나는 마음속으로 남자가 너무 마음에 들었다. 남자도 커피숍에서 나를 보고 친구하자고 했다. 나도 친구에 응했다. 언니는 잘 어울린다고 박수를 쳤다.

언니와 공곶이 둘레길을 걸었다. 공곶이 문이 열려 있다. 노부부는 14일 정도 격리되었다가 음성 판정이 나서 공곶이로 돌아왔다. 할아버지는 연세가 많아서 더 이상 일을 할 수가 없게 되었다고 할머니가 말했다. 50년 동안 부부가 함께 의지하며 지내온 할머니 눈가에는 물기가 고였다.

할머니와 한참 대화를 하고 있었다. 코로나가 우리 몸에는 침입할 수가 없다고 했다. 이 청정지역의 면역은 아무도 들어올 수가 없다고 힘주어 말했다. 언니와 나는 그럼요 합창으로 대답을 했다. 그때 마침 움막 같은 집에서 남자가 나왔다. 그 남자가 우리가 알고 있던 그 남자였다. 언니와 나는 엄청 놀랐다. 어떻게 여기에서 볼 수 있나요? 남자도 깜짝 놀라는 기색이었다.

은이와 함께 왔을 때, 엄마 비설거지 물어보던 그 남자였다. 공곶이 할머니 둘째 아들이었다. 부산에서 살면서 자주 와서 일을 도와준다고 했다. 노부부가 격리되어 있는 동안에 우리와 함께 여행을 다닌 것이다. 공곶이에서 일을 거들어 주고, 밤에는 글을 쓰면서 지내는 모양이었다. 언니와 나는 날마다 공곶이 둘레길을 걸었다. 밤에는 남자와 생맥주를 마시면서 거제도의 생활에 익숙해졌다.

공곶이의 할아버지는 봄을 넘기지 못하고 자연으로 돌아가셨다. 우리는 친구의 아버지를 함께 보냈다. 할머니는 할아버지가 돌아가시고 나니 힘이 없었다. 서로 힘이 되어주던 동반자가 없으니 할머니도 살아갈 의욕이 없었다. 언니와 나는 공곶이에 날마다 출근을 했다. 부엌에 가서 밥을 짓기도 하고 수선화를 꺾어 팔기도 했다. 수선화 향기 설유화 향기가 진동하는 이곳은 지상의 낙원이었다. 나는 훨훨 날고 싶은 마음이다. 하루는 바닥을 무심코 내려다보았다. 뱀이었다.

천경자 화가의 삶을 생각하면서 뱀이 지나가도 무섭지 않았다. 천경자 화가는 한을 뱀으로 승화시킨 사람이다. 뱀은 누구나 공포의 대상이다. 극적인 위기 상황에서 뱀과 만남은 묘한 충동을 자극한다고 했다. 그것은 사람들이 두려워하는 존재를 자기편으로 삼아 스스로 지키려는 보호본능 같은 것이다. 뼈대가 없는 뱀은 부드럽고 힘이 없지만 독을 통해 자신을 보호한다. 천경자 화가도 험한 세상에서 살아남기 위해 뱀의 지혜와 독이 필요했던 것이다. 천경자도 뱀과의 인연은 악연이다. 천경자는 뱀과의 악연이 많다. 고향 뒷산에 친구가 독사에 물려 죽은 이후 뱀은 공포의 대상이었다. 공포의 대상일수록 뱀을 계속 그렸다고 한다. 여동생의 죽음으로 35마리의 뱀을 그렸다. 애절한 곡조가 꿈틀거리는 뱀처럼 꼬부랑거리며 아슬아슬하게 넘어가자 갑자기 숙연해졌다고 한다.

뱀이 할머니를 따라가고 있다. 돌계단을 기어가는 뱀을 보면서 공포의 대상이지만 마음먹기 달렸다는 생각을 하게 되었다. 뒷짐을 지고 허리가 꼬부라진 할머니의 뒤를 뱀이 함께 다니는 것이 꼭 할아버지가 따라다니는 것이 아닌가 착각이 들었다.

둘째 아들과 살아가야 하는 할머니 마음은 편하지 않은 모양이다. 엄마? 엄마만 불렀지 일머리는 하나도 모른다. 친구인 둘째 아들은 나름대로 힘이 든다. 저녁에 술이나 한잔하게 되면 하소연을 한다. 나는 무조건 엄마 말에 복종하라고 충고를 한다. 엄마에게 아버지 역할을 해 줄 수 없냐고.